# 男と女の子

JunNosuKe
Yoshiyuki

吉行淳之介

P+D
BOOKS
小学館

# 目次

# 男と女の子

電車はひどく混雑していた。鮨詰めだった。先刻から、岐部(きべ)は見知らぬ少女と向い合せになっていた。背後から押された拍子に、岐部の軀の表側が少女の軀の表側とくっついて、そのまま動きが取れなくなってしまっていた。

背の低い少女で、彼女の顔は岐部の胸のあたりに在った。質素な子供っぽい紺色のスプリングコートを着ているが、顔だけは念入りに化粧してある。岐部は、顎を引いて、時折少女の顔に視線を向けた。

少女の顔は、まんまるの形をしていた。平板な平凡な顔だが、濃い睫毛の奥から濡れたような眼が覗いている。「どういうものか、俺は円い顔の女にばかり因縁があった」と、岐部は心のなかで呟いた。いままでに、普通の男なみに幾つかの女性関係があった。その女たちの顔が、岐部の脳裏に浮び上った。幾つものまるい顔が、彼の脳裏にくっつき合いながら並んで、消えた。「どういうものか。円い顔は俺の胸をときめかせるのだろうか」もう一度、まるい顔が脳裏に並んだ。岐部は唇を歪めた。胸をときめかせる？　そういう言葉にふさわしい関係は、その幾つかの顔のどれとも成立たなかった。

「どういうものか。円い顔は、俺の気持を唆るのだろうか」

不意に、岐部は軀の表側にくっついている軀のやわらかさを、鋭く意識した。女は小さくて、みすぼらしかった。まんまるの顔だけ、念入りに化粧が施されていた。唇は小さくて良い形をしていた。それが真紅に塗られていた。

岐部は軀をよじって、向きを変えようとした。少女に密着している軀を離そうとした。花の香が彼の鼻腔をくすぐった。大きな花束を満員電車に持ち込んでいる人間がいる。官能を刺戟する匂い。何という花だろう？　いや、あれは花ではない、香水の匂いだ。肌の上に塗られた香水の揮発してゆく匂い。性器が勃起してゆくのが分った。岐部は軀をよじらせて少女から離れようとした。しかし、車内には軀をずらす隙間はなかった。

駅の構内に走り込んだ電車が、躓くような無器用な停り方をした。

「あっ！」

短い、驚きの声が聞えた。慌てて、岐部は少女の唇を見た。しかし、叫んだのは少女である筈がない。それは男の声だったからだ。

岐部のすぐ傍の中年男が、宙に持ち上げた自分の左拳に視線を当てていた。睨んでいる。その男の左拳は、蝙蝠傘の柄を握りしめている。ところが、彼の握って持ち上げているのは、蝙蝠傘ではない。蝙蝠傘の柄だけだ。

幾分隙間のできた車内の床を、その男はいそいで見まわした。しかし、傘の部分は落ちていない。彼は、あたりを見まわした。疑わしげな眼付きで、岐部を見た。岐部と少女とを見比べた。岐部の軀の輪郭に沿って、目を走らせた。岐部の手もとを見た。

他人に疑念を起させる気配が、自分と少女とのまわりに漂っているのか、と岐部はおもった。彼は一層、軀を離した。車内には隙間ができていた。もっとも、すでにその必要は無くなっていた。隣の男のコーモリ傘が失くなり、自分の性器の勃起が消えた。……フロイトの夢判断のパンフレットでも読んでいるようだな、と岐部はおもった。降りる客が済むと、乗る客が押寄せてきた。また鮨詰めになった。また、少女の顔が、岐部の胸に押しつけられた。しかし、軀を離しておく必要は、もう起らなかった。

岐部は少女の顔を見た。少女の顔には、まだ戸惑った色が残っていた。紅潮の色が浮んでいるようだ。彼女は気付いたのだろうか。もう男を知っているのだろうか。

「ともかく、厄介な年頃だ」それでは自分は厄介ではないのか。彼は何となく、いまいましい心持になってきた。

いまいましい、といえば、隣の中年男だ。傘が失くなったときに、反射的にその男の眼に疑惑の色が浮び上ったということ、その疑い深い視線をすぐに周囲に向けたこと、つまり、蝙蝠傘が紛失した瞬間のその男の心の働き方が不愉快なのだ。疑われたことが、いまいましいのではない。

手に持っていた蝙蝠傘が、気がついてみたら柄だけ手に残っていて、傘の部分は失くなっていた、柄から下は点線で描いた傘になっていた、という状況。これはかなり滑稽な状況だ。しかし、その中年男は、その状況の滑稽さには全く眼を向けようとしない。

岐部の関心は、眼の前の少女からふたたび蝙蝠傘に移った。もしも自分だったら、その滑稽な状況にまず眼を向けることになる筈だ。その滑稽さの拠ってくるところや滑稽さの種類について考えることに気持を奪われて、周囲に疑い深い眼を向けることは忘れてしまうことだろう。

もしもAだったら、もしもBだったら、もしもCだったら、もしもDだったら……と、岐部は彼の友人たちのことを思い浮べ、皆似たり寄ったりの反応を示すだろう、と思った。岐部は、そういう時のAの唇の歪め方や、Bの喉の奥の方でころがる笑い声や、Cのせばめた鼻の穴や、そういうものを手繰り寄せて一つ一つ確かめてみた。その時、AもBもCもDも、岐部の皮膚のすぐ傍にいた。しかし、不意に、岐部は現実の世界に連れ戻された。彼は気が付いた。AもBもCもDも、皆死んでしまったことに気付いたのだ。

彼らは岐部の周囲から、つぎつぎと姿を消してしまった。事故で死んだ者、自殺した者、病死した者、死に方はさまざまだった。その度に、岐部は彼自身の一部分が削り取られてゆく心持になった。似通った同士が友人になっていたのだ。似通っているということが、嫌悪と反撥を感じさせる材料となる場合もある。性格の正反対の二人の人間が、そのために親しい友人となることはしばしば見られることだ。しかし、岐部と彼らとは戦争中に友人になった。この時期の少年たちは、似通った同士しか友人になれなかった。戦争にたいする姿勢について、まず彼らは調べ合った。似通っていないことは、啀み合い、軽蔑し合う材料にしかならなかった。

戦争中に親しくなった友人たちは、殆ど岐部の周囲から、消え去ってしまった。死んでしまった。生きている友人は、赤堀だけだ。しかし、岐部と同じ年代の人間のうちに、とくに死者が多いというわけではない。友人にならなかった連中の顔を思い浮べてみると、彼らはすべて生きている。彼自身と似通った人間たちの中からだけ死者が出たことが、いつも岐部の心に懸っていた。

そして今、満員電車の中で、そのことに関しての一つの解釈が岐部の心に浮び上った。たとえば、手に持った蝙蝠傘が柄だけになっていたことに気付いた時、咄嗟に、紛失した傘の部分を取り戻そうと周囲に眼を配ることをしないような人間は、自然淘汰されてしまうのではないか。立止って、紛失した状況の中に、その状況に置かれている自分自身の中に潜り込もうとするような人間にとって、今の世の中では生きてゆく余地はしだいに寡なくなってゆくのではないか。

自分の今の状態も、生きているというより、死の方に向って辷り出している、といった方が正確なのかもしれない。しかし、ともかく、自分は現在こうやって生きて動いている。電車の外の景色は、雨で濡れている。雨の中を歩いてゆくとき、傘が無ければ濡れてしまう。岐部は、不意に自分の蝙蝠傘の柄を握りしめた。かるく上下に動かして、柄の下に傘の部分が付いていることを確かめた。

腕を曲げて、岐部は左の掌で背広の上衣の胸のあたりを軽く押えた。内ポケットの中にある紙封筒のこわばった感触が、布地を通して掌につたわってきた。その中には、先刻受取った退職金の袋が入っている。岐部は前日、会社を馘になった。手まわしよく、退職金が翌日渡されることになっていた。その金を、この日岐部は受取りに行ったのだ。

ともかく、こうやって自分は生きている。赤堀も生きている。赤堀とは久しく会っていない。死ななかった唯一の友人である。赤堀はどんな具合にして、生きているのだろう。岐部は、赤堀を訪れてみることを思い付いた。それで、その日の時間の使い方が定まった。

電車が停った。岐部は軀を少女から引き剝がし、彼自身の蝙蝠傘の柄をにぎり直して、人波に押し流されながらプラットホームにおり立った。

「おや、岐部か、久しぶりだな」

机に向って仕事をしていた赤堀は、顔をあげてそう言うと、ついでに柱時計に眼を向けて、

「十五分ほど待ってくれないか、この仕事を片付けてしまうからな」

赤堀の手もとを、岐部は覗いてみた。

「いま、座談会を書いているんだ」

「座談会を書いている？　整理しているのか」

「いや、俺一人で書いているんだ。なにしろ、このボロ会社は座談会の席を設ける費用を惜しみやがるんだ。それなら、やめとけばいいんだが、今度の号にはどうしても一つ座談会がほしいんだ」

「案外、君は熱心で忠実なんだな」

赤堀は、あいまいな捉えにくい表情で、答えた。

「そんなものじゃない。つまり、凝り性とでもいうのかな。作っているものは、怪しげなエロ雑誌なんだから、凝り甲斐のあるものじゃないが、それでもつい凝ってしまうんだ」

「エロ雑誌？」

岐部はおもわず反問した。赤堀が勤めているこの陽光社という雑誌社は、洒落た都会風の雑誌を刊行していた筈なのだ。

「そうだ。エロ雑誌だ」

岐部は黙って、赤堀の机の上に散らばっている原稿用紙を取上げてみた。

「匿名座談会

風流東京地図」

乱暴な筆跡で、大きく題名が書かれてあった。岐部は、学生時代の赤堀のノートを思い出した。赤堀のノートには、いつも不揃いな、気儘な、そのくせ達筆の文字が並んでいたものだ。

赤堀の作っている座談会のあちこちを、岐部は拾い読みしてみた。

A　その売春地帯には、小さな部屋がいっぱいある二階建が五棟並んでいる。その棟ごとに、一つずつの便所がある。つまり、共同便所だね。ところがこの便所には、落書きがほとんどない。偶にあるにしても、ワイセツなものは皆無なんだ。

B　なるほど、それは面白いことだね。欲望が溜まっていないときには、その種の落書きをする気持が起らないということだな。

A　たまに書いてあるのは、ひどくマトモなことばかりだ。

C　そういえば、パスカル曰く、というのがあった（笑）。

括弧して、笑、と書きつけるときの赤堀の表情がうまく想像できなくて、岐部は友人の方を眺めた。赤堀は眉の間に縦皺を刻み込んで筆を動かしていたが、やがてペンを机の上に投げ出すと、椅子ごと岐部の方へ向き直って、

「どうだ、面白いだろう」

と言った。

赤堀のその言葉の調子には、相手の返事を待っていない屈託のなさがあった。相手がどんな返事をしようが笑い飛ばしてしまおうと構えているのではなく、また、自分の意見を相手に押しつけてしまおうというのでもない。それは、「返事を待っていない」調子なのである。

赤堀は煙草に火を付けると、

「すまんな、あと一枚で終りだ」

と、再び机に向き直った。

岐部は、机に向って仕事を続けはじめた友人の横顔をしばらく眺めていた。その横顔には、表情と名付けられるものは見当らなかった。いや、手がかりのつけにくい表情が浮んでいた、と言った方が正確であろう。その横顔は、つるつるに磨き込んだ大きなガラス球のように、突き刺そうとする針の先を滑らし逸らしてしまうように、岐部の眼に映った。

学生時代の赤堀は、こういう横顔を持っていただろうか。もっと神経が露(あら)わに浮び上ってい

る表情をしていた筈だ。

やがてペンを置いて、再び岐部の方へ椅子を廻した赤堀に、岐部は自分の近況を告げた。

「なに、人員整理でクビになったって？　そうだろう。俺が社長でも真先に君をクビにするね。大会社に必要なのは、完全な部分品だよ。うさんくさいところのない品物だよ」

赤堀の声が、煤ぼけた木造建築の二階の部屋で、大きくひびいた。

赤堀の声の調子から言って、彼の言葉は慰めの言葉だろう、と岐部は思った。他人を慰めるということを一種の越権と考え、そのことにテレているために、彼の言葉は殴りつけるような乱暴なものになってしまうのだろう、と思った。しかし、先刻の赤堀の横顔を思い浮べると、岐部は自分の解釈に十分の自信が持てなくなった。この薄汚れた部屋の中に坐っている赤堀の軀から根強い生活力が滲み出ているように、岐部は感じた。それは、学生時代には感じられなかったものだ。今の赤堀が、岐部の解釈のような入り組んだ毀れやすい心の動かし方をするものかどうか、岐部には疑わしく思われたのだ。

岐部は黙っていた。

「うさんくさい、結構です。部分品になってはいけません。うさんくさいのは、自尊心のある証拠です。うさんくさいこと、大いに賛成」

部屋の隅から、男の声が聞えた。額の大きく禿上った年齢不詳の痩せた小男が椅子に腰かけていて、その男が甲高い声でそう言ったのだ。

「自尊心か。松井さん、あなたの自尊心はいったいどんな形をしているんですか」

赤堀の言葉に、苛立たしい調子が微かに混った。

「わたくしの自尊心ですか。ちゃんとハートの形をして、ちゃんとハートの在る場所におさまっていますよ」

自分の言葉に昂奮して、松井の眼にうるんだ光が上った。この年齢不詳の男の眼には、女の匂いを烈しく発散させている美人の前に立った思春期の少年の眼のような光があった。

「ちゃんとハートの形をして、ちゃんと心臓の上に在る、か。それは結構なことに違いないが、今の世の中に生きていて、そんな具合にうまくいくものだろうか」

赤堀は、嚙んで捨てるように、そう言った。赤堀の顔にこの瞬間、神経が露わに浮び上っているのが、岐部の眼に映った。その表情はすぐに消え去って、

「いや失敬、失敬。金のない潰れかかった会社にいると、どうも気が立っていけない」

と、赤堀は岐部にともなく松井にともなく、呟いた。

「潰れかかっているのか？」

「さあそう言ってもいいだろうな。しかし、うまくいくと持ち直す。潰れないような方針を立てたんだ」

「わたしは反対だったんだ」

と、松井が口を挾んだ。

「反対なら、商売替えをすればいい。前のままにしておいたら、今ごろは潰れているんだから、潰れたつもりで商売替えをすればいいんですよ」

「わたしは、それはできないね。わたしは、活字が好きなんだ。印刷インキの匂いと紙の匂いが好きなんです。刷り上った新しい雑誌を開くと、頁の間に鼻を突っこんで思い切り匂いを吸い込むのですよ。紙の上の活字を一つ一つ拾い上げて、食べてしまいたい。だから、今度の方針の雑誌では、一つ一つの活字がつながり合ってどういう意味の文章になっているか、ということには眼を向けないことにしているんです」

「活字が好き、ということは俺も同じさ。だけど、そればかりじゃない、食っていかなきゃならないこともあるでしょう」

「つまり、君のいうエロ雑誌に、方針を変えたんだね」

と、岐部が口を挾んだ。

「伝統のある典雅な雑誌から、エロ雑誌へというわけさ、そこの松井さんの言葉によればね。とにかくね、いまの雑誌は読書欲に訴えたんじゃ、売れやしないよ。さりとて、虚栄心や射倖心に訴えるものにするには、宣伝の金がないしね。だから、性欲に訴えてみたんだ。腹の空いた人間が、通りがかりの店に並んでいる硝子ケースの中のアンパンを買いたくなるようにね。頁の間に裸の女をいっぱい並べて置くんだ。読んでしまった後でムシャムシャ食べられるような雑誌ができれば、もっと具合が良いんだが」

「しかし、そのアンパンは酸っぱい味はしないだろうな」

「そんな心配はない。不潔なものは販売しない。お客のためばかりじゃない、俺自身のためにね」

赤堀は腕時計を眺め、椅子から立ち上った。

「時間がなくなった。どうだ、クビになったうさばらしに、これから裸の女を見に行かないか。グラビアの撮影をするんだ。今度は写真屋の役目をやらなくてはならない。カメラマンに払う金も惜しい、というんでね。金のない潰れかかった会社にいると、驚くことが多いよ」

赤堀は、松井の方を向いて声をかけた。

「もちろんあなたは行かないでしょうね。裸の女なんて、けがらわしいでしょう。照明の方は、岐部君に手伝ってもらいますから」

「もちろん、わたしは行きます」

瘦せた小男は、断乎とした調子で言った。

「裸の女がけがらわしいなんて考え方が、君、間違っているのです。わたしは、これでも昔、絵の方をやったことがあるのです」

戸外へ出ると、雨は止んでいた。

早春の寒い午後。一足先に出た岐部は、路傍に佇んで周囲を見まわした。陽光社の右隣は、そば屋である。薄暗い店の奥で、白いあたたかそうな湯気が立ち上るのが見えた。真向いは喫茶店で、素透しガラスの戸の向うでは、黒いピカピカ光った雨合羽を着たままの男が牛乳を飲んでいる。そのミルクの入ったコップからも、湯気が立ち上っている。狭い通路の舗装があちこち崩れて、赤い土が露出している。ぬかるんだ土が、濡れた赤い色に光っている。

あたりの光景に気を取られていた岐部は、遅れて陽光社の建物から出てきた二人の男に、しばらく気がつかなかった。

岐部の耳もとで、赤堀の声がした。彼も岐部と並んで、周囲の風物を眺めまわしていた。

「君の勤めていた会社のまわりの風景とは、ずいぶん違っているだろう」

岐部は軽くうなずいて、歩き出した。彼の勤めていた会社の付近の風景、石と鉄とコンクリートと直線ばかりの風景を、思い出していた。

D・P・Eと文字の入った看板の下をくぐって、赤堀は店内に入った。

「先刻から、待っていますぜ」

写真店の主人が、赤堀にそう告げた。店の奥に、小さな写場が設けられてあって、そこでモデルになる女が待っている、というのだ。

「どんな素姓の女なのだろう」

「それが、さっぱり分らないんで。二度ほど現像を頼みにきた女の子なんですが、そのときいきなり、ヌードのモデルになりたいから世話してくれ、というんですよ。この前にもお話ししたようにね。それも、雑誌に載らなくちゃ厭だ、というんで、赤堀さんのことを思い付いてご連絡したわけです」

「有名になる近道のために、ハダカになる、という女の子が、時折いるもんだが、そのクチかしら」

「いえ、そういう風にも見えませんね」

「素人なのか、くろうとなのか、分りませんか」

「素人のようでもあり、くろうとのようでもあり、ともかくまだほんの娘っ子ですよ」

「お宅に現像を頼みにきたときのフィルムには、どんなものが写っていました？」

「そうそう、それがおかしな具合でね。あの子が写したのだとおもいますが、全部、猫の顔ばかりなんですよ、一匹の猫じゃなくて、いろいろ違った猫の顔が写っているのですが、全部猫の顔ばかり、人間は一人も写っていませんでした。まあ、ともかくスタジオへ行って自分の眼で見てごらんなさい」

スタジオの隅に小さな電気ストーブが置いてあって、その前に小さな軀の少女がうずくまっていた。地味な黒いオーヴァを着たその女は、顔だけ赤堀たちの方へ向けた。

その顔は、唇が真紅に塗られ、念入りに濃く化粧されていた。長い付け睫毛の下で、濡れたうるんだ光を放っている眼。まんまるな顔。岐部は、おもわず声を出した。

「おや、君、満員電車に乗って、ここへ来ただろう?」

「いいえ、歩いてきたわ。どうして」

と、岐部は呟いた。

「それでは、別の女か」

「なんだ君たち、満員電車とかなんとか。さあ仕事、仕事」

赤堀は、せき立てる口調で言った。岐部の眼に、一人の女の姿が映っている。子供染みた女の子が子供染みた外套を着て、頸から上だけ濃厚に化粧している。付け睫毛まで、くっつけている。濃厚なくろうとめいた化粧は、その少女の裸体になる決心を語っているのだろうか。岐部の心に、いたいたしい気持が動いた。赤堀は、言葉をつづけた。

「さあ、威勢よく、さっさと脱いでくれ。もじもじしていると、へんな色気が出ていけない」

赤堀の言葉には、少女にたいするいたわりの気持が含まれているのだろうか。岐部は少女から眼をそらせた。そらせた眼に、赤堀の顔が映った。平然とした表情で、赤堀は少女に眼を注いでいる。それも赤堀のいたわりの表現なのだろうか。岐部は赤堀と架空の会話を試みた。

岐部——平気な顔をして見詰めることが、君のサーヴィスなんだろう?

赤堀——そうとも。君のようにテレて眼をそらしてはいけないんだ。テレる気持があの娘に反射してゆく、そうすると、着物を脱ぐということが、ひどくはずかしいことのように思えてきてしまうんだ。ちゃんと、平気な顔で見ていなくてはいけない。

岐部の知っている赤堀という友人との会話は、こうなる筈だった。しかし、赤堀の冷たい調べるような光のある眼を見ていると、岐部は戸惑いはじめる。単に、仕事の能率をよくしようとするための態度に過ぎないのかもしれない、と思えたりする。

岐部は眼を上げて、少女を見た。少女の裸の肌は、青白くなめらかだった。乳房はかたく、小さく尖った乳首は薄桃色だった。軀には幼い線が残って、崩れていなかった。その未熟で清潔な軀は、色濃く化粧した顔と奇妙な対比をみせていた。

「君、その化粧は落した方がいいのじゃないか」

岐部の言葉に、少女は反対した。

「あら、どうして。この方が写真にしたときハッキリしていいわよ」

「しかし、そのままだと、なんだかヘンだとおもうな」

「ヘンだなんて。ヘンなことないわ、失礼だわ」

赤堀は、相変らず調べる眼で少女を眺めながら言った。

「どちらでもいいさ。君の好きなようにしたまえ」

スタジオの隅で、痩せた男の甲高い声がした。

「化粧のことはどうでもいいがね、たしかにヘンだよ。赤堀さん、この娘モデルに使えるかね。頭ばかり大きくて、軀とバランスがとれていないじゃないか。これは君、具合が悪いですよ」

「あら、駄目かしら」

少女の顔に不安の色が浮んだ。彼女はうずくまって、前に投げ出した片脚を両方の掌でゆっくり撫でおろしていた。その脚は、真直ですらりとした良い形だった。肩の線はやさしく、掌は小さかった。胴体は細くくびれていた。しかし、松井の言葉を聞いて、岐部の眼が少女の全身を捉えてみると、なるほど、それは彼の言葉どおりだった。一つ一つ取出して眺めれば美しくさえあるその軀も、全体としては、ややグロテスクなものになっていた。

その少女には、職業的なモデルとは違っている微妙な雰囲気があった。そのために、岐部は、彼女にいたいたしさを感じたり、彼女の羞恥について考えをめぐらしたりすることになったのだが、そういうものとは松井は全く無関係な位置にいたものとみえる。岐部はこの年齢不詳の小男を疎(うと)ましく感じた。

「そんなことも、どうでもいいさ。君、そのままの姿勢でいてくれ」

依然として少女から眼をそらさずにいた赤堀は、写真機を構えた。

「ライトはフラットに当ててくれ。影ができないように、輪郭がはっきり浮き出すように」

乾いたシャッターの音。

「今度は、そのままの姿勢で、腕を上げて、その腕を曲げて頭をかかえこむ形にして」

「腕で脚をかかえこんで、背中を曲げて軀全体がまるくなるように」

「腕を真上に挙げて、脚を真すぐに伸ばして、いや、おしりは床にくっつけたままでいい。アルファベットのLの形になって」

「軀をもっと前に傾けて、Vの字になるように」

赤堀の声の合間に、シャッターの音が断続してひびいた。

写場の隅に立って、岐部は撮影の光景を眺めていた。およそ、雑誌のグラビアに載せるにふさわしいポーズではない。赤堀は何を考えているのだろう。疑わしく思いながら、岐部は傍に在った木製の椅子に腰をおろした。椅子は冷たくなっていた。ズボンの布地を透して、ヒヤリとした感触が彼の軀に伝わった。がらんとしたスタジオには、小さな電気ストーブが一つあるだけだ。

岐部は少女を見た。少女の皮膚は、鳥肌立っていた。

「鳥肌になっている。君、酒は飲めるのか」

「飲めるわ」

岐部は戸外へ出て、酒屋を探した。内ポケットから封筒を引張り出し、ちょっと思案して、一番安いウイスキーの小さな瓶を買った。

「これを飲みたまえ、あたたかくなる」

「おや、岐部、親切だね」

裸の女は、瓶の口を直接唇に寄せて、液体をすこし口に含んだが、すぐに顔をしかめて、

「おいしくないわ」

と呟くと、瓶を眼の前に持ち上げて、レッテルを調べる素振りをした。

ハハハハ。スタジオの隅で痩せた小男が笑った。

不意に、赤堀が少女に歩み寄ると、瓶の口を彼女の唇の中にねじ込んだ。

「ばか、ひとの親切は素直に受けるもんだ」

彼は少女の顎を摑んで顔を仰向けさせ、もう一度、唇の中へ液体を流し込んだ。少女は、はげしく噎せた。咳き込んだ。

「いじわる、飲みたくないものを無理に飲ませて。鳥肌じゃない方が、写真を写すにはいいかもしれないけれど、だけど少しぐらいかまわないじゃないの。ほっておいて頂戴」

「ばか、鳥肌だろうと、頭が大き過ぎようと、写真には無関係なんだ。君が寒いと可哀そうだから、という酒じゃないか」

「どうして写真と無関係なの」

「とにかく無関係なんだ」

「ヘンじゃないの」

「ヘンじゃない」

赤堀は、岐部の方を向くと、

「君、こういうときまで我慢しない方がいいんじゃないかな」

「僕は、我慢するんだ」

「いや、我慢しない方がいい。こういうとき我慢してしまうと、相手のためにもならない」

少女は裸のまま膝をかかえてうずくまり、あげた顔だけを岐部たちの方へ向けていた。赤堀は振返ると、

「もう撮影は済んだんだ。服を着てくれたまえ」

少女はそのままの姿勢で、不意に言った。

「ごめんなさい。わたし、本当はお酒が飲めないの」

素直な声で、そう言った。

「それなら、なぜあんなマネをしたんだ」

「お酒なんか、飲み馴れているように見せたかったの。裸の写真なんか、撮られ馴れているように見せたかったの。わざわざ付け睫毛を買ってきたの」

「なぜ、そんなことをしたんだ」

「なぜだか分らない。だけど、そうしないと、恥ずかしくって着物が脱げないようにおもったの」

「それなら、なぜヌードのモデルなんかになったんだ。明日のめし代がないのか」

「それほど困ってはいない」

「なぜだ」

「いまお話しする」

「腹が空いた。めしを食いながら話を聞こう。ともかく、はやく服を着たまえ、風邪をひくぞ」

赤堀は岐部を振向いて、

「どうだ、我慢していたんじゃ、こういうことは分らなかったじゃないか」

と言って、笑った。

岐部は、黙ったまま少女を見詰めていた。

街の洋食店で、少女は話をはじめた。

北村栄子という名の少女は、原爆で孤児になった。親戚に引取られ、また別の親戚に移され、最後に遠縁に当るてんぷら屋の主人が引取った。現在も、その店で商売の手伝いをしながら日を送っている。昨年の後半になって店の主人が時折、彼女の胸やおしりを何気ない素振りで、つるりと撫でるようになった。間もなく、主人は物置がわりに使っていた小さな部屋を片付けて、その部屋を彼女に呉れた。それから後、時折、襖を明けて主人が顔をのぞかせたり、すうっと入ってきたりする。そういう時の主人は、酒くさい。彼女は反射的に立上り、口を半分開けて叫び出しそうな表情になってしまう。すると、主人はこわい眼で彼女を睨み、ふっとテレくさそうな表情になると、部屋から出て行ってしまう。

彼女は、そういう時の主人には、嫌悪を覚える。しかし、主人そのものに関しては、好きでも嫌いでもない。てんぷら屋のおかみになるのも悪くはないとおもうが、主人にはちゃんとおかみさんがいる。

「ありふれた身上話だな」

赤堀が、呟いた。

「だけど、あたしにとっては、ありふれたことで済ましていられないわ」

「そりゃそうだ、だが、その話と君がヌードのモデルになることと、どういう関係があるのかな」

「おじさん（てんぷら屋の主人のことを、彼女はそう呼んだ）が、あたしの部屋に首を出すのが、前よりずっと数が多くなってきたの。前はバネ仕掛みたいに飛び起きていたのだけど、起き上りかたがだんだんゆっくりになってきた。どうしてだか分らない。ときどきへんな夢も見る。あたしは嫌なの。だけど、気が付いてみたら、夢の中のことのようになっていないとも限らない気がする。それは、嫌だ。だからといって、家を出てしまう気にもならない。そうなっても仕方がない気もする。でも、おじさんとそうなるのは癪だ。好きでも嫌いでもないんだもの。だけど、いつそうなるか分らない。だから、ヌードのモデルになっちゃった」

「だから、て、どうして、だから、なのか分らんな」

「だから、自分の裸のシャシンをうんといっぱい、ばらまいておくの。おじさんとそうなったって、もう、うんといっぱい、ばらまいてあるとおもうと、なんだか気持が救われるの。どうしてだか分らないけど、とにかくそうなんだから」

「ふうん」

岐部は少女の顔に視線を当てた。濃く化粧された顔。油の煮立つ音とその匂い。白い割烹着の袖から男の太い腕が出ている。その無骨な手が長い箸を器用に操る。ジューッという音。不意に、岐部は少女のバランスの取れない青白い裸体を、いたいたしく思い出した。

「残念だが、今日写した写真は、君のその企みの役に立たないよ」

「あら、どうして」

「君の軀はナンキン豆の粒くらいの大きさにしか、グラビアの頁には載らないんだ。君だか誰だか見分けの付かないくらいに、小さくね。そのかわり、四十も五十も、いっぱいうじゃうじゃと小さい君の裸がくっつき合って載ることになる。だが、いくら沢山あったって、君とは見分けがつかないくらい小さく、豆粒くらいに。ねえ岐部、面白いアイデアだろう」

と、赤堀は説明しはじめた。

富士山の写真と組合せて、見開き二頁のグラビアをつくる。富士山が噴火した。大噴火である。熔岩や火山礫が噴き出るかわりに、裸の女がいっぱい飛び出した。

「フジヤマ噴火の図」と題をつける。四十も五十も、多ければ多いほど、効果がある。火山噴火の形に、豆粒ほどの裸の女をたくさん並べるのだ。

「そんなこと、いま思い付いたんでしょ」

「そうじゃない。ちゃんと、そのようにポーズを取ってもらっただろう。アルファベットのLの字になったりVの字になったり、まるくなったり。勢いよく火口から噴き上げられたときに似合う姿勢だよ」

「前から考えてあったの」

「いや、君の裸を見たとたんに思い付いた」

少女は、真剣な顔つきになって、そっと訊ねた。

「一頁に一つだけ大きく載せられないとおもったわけね。そんなに、あたしの軀、みっともないの」

「いや、みっともないから、そうするのではない。しかし、それぞれ扱い方は違ってくるわけだ」

「ふうん」

少女は、爪を嚙みながら黙りこんだ。

「君、爪を嚙むのはやめた方がいい」

「なによ、そんなこと、あなたに命令されることはないわ」

赤堀の表情は動かなかった。岐部は、赤堀の言葉に賛成していた。たしかに、いまの少女の姿勢と表情には、強く孤児を感じさせるものがあった。

「それより、君、何かほかに出来ることはないのか。裸になることよりも」

「あたし、歌がうたえる」

「歌か」

「とっても、上手なのよ」

「のど自慢か。のど自慢に出てみたか」

「みない」

「出てみたらいい」

「ふうん」

岐部は、もっぱら二人の会話の聞き役だった。しかし、しだいに少女を見る眼に光があらわれてくるのが、自分で分った。

「きみ、そのてんぷら屋の場所を紙に書いておいてくれないか」

不意に、岐部が言った。

「おや、岐部。そうだ、君、栄子君、書いておいてくれ、そのうち岐部とそのてんぷら屋へ飲みに行くよ。そのおやじの顔を見に行く。しばらくはそのおやじが襖の間から首を出したら、バネ仕掛のように飛び上るんだな。世の中は、何がいつ起るか分らないからな。好きでも嫌いでもない奴は、撃退しておいた方がいい」

と、赤堀がゆっくりした口調で、そう言った。

その翌日、岐部は昼近くまで蒲団に潜っていた。ようやく起き上ると、どぶ川に沿った道を歩いて、タバコを買いに出かけた。いままでは、早朝か暗くなってからの時刻以外には、滅多に歩くことはなかった道である。

岐部の部屋は、郊外の素人下宿屋の二階にあった。その家のすぐ前に、細いどぶ川が流れている。跨いでは渡れぬ幅なので、ところどころに木の橋が架っている。川の両側は傾斜面になっている。つまり、小さな谷間、窪地の中央の陰湿な場所に、岐部の部屋はあるわけだ。

川の流れに沿い十五分ほど歩いて右折すると、にわかに風景が変って、郊外の駅前の商店街に出る。それまでの風景は、川の水と雑然と生え茂っている水草と、その茎にひっかかっている紙屑と、土と樹木と陸稲の畠と、あちこちに建っている木造の民家である。斜面を上り切った土地の道路には舗装が施されて、石と金属を沢山使った大きな家が立ち並んでいるのだから、岐部の棲んでいる場所には、都会のエア・ポケットのような趣があった。

煙草屋も本屋も喫茶店も、駅前商店街まで行かぬと、見付けることはできない。

岐部は下駄履きで、ゆっくり歩いて行った。川沿いの道の風景が、見馴れないもののように、彼はふと感じた。今までと違って太陽が真上から光を降りそそいでいるせいか、と考えたが、そうでもないようだ。蝙蝠傘直しの男が、岐部とすれ違って、背後に去ってゆく。つづいて、買物籠を提げた主婦とすれ違った。三十を少し過ぎた年頃のその女の顎に大きな黒子があるのが、岐部の眼に映った。不意に、彼は理解した。川沿いの道の風景が違ってみえる理由が分った。いままで、この道で、彼が見る人間は、全部うしろ姿ばかりだったのだ。早朝、この道を歩いてゆく疎らな人影は、すべて駅の方角へと急ぎ足に歩いていた。岐部は、石と鉄と直線の建物を眼に浮べた。そこへ向って歩いていない、ということが、彼に解放感を味わわせた。もう一度、彼はいますれ違った女の黒子を思い浮べた。それは妙に新鮮なそして官能的な感触で、彼の心に触れてきた。

　しかし、石と鉄と直線の建物に閉じ込められることは、彼自身の計画だったのだ。戦争が終ったとき、彼は大学生だった。戦争が終ったので、将来のことを考える必要が生れた。その時、彼はサラリーマンになりたい、と考えた。それもなるべく大機構の会社のサラリーマンになりたい、と考えた。その時の彼の頭の中に在るその種のサラリーマンは、大きな機構の小さな部分品だった。与えられた仕事を機械的に片付けて行けば、それで社会的な役目は果したことになり、生活してゆくに足るだけの金銭を与えられる。毎日、同じことを機械のように繰返していればよい。そういう生活を考えると、彼は時には、あこがれる気持さえ覚えた。彼は、ガラス細工のように毀れ易い神経をもてあまして、それを庇うあまり、むしろ安逸な日常を願うことさえあったわけだ。それは、神経痛の持病をもった病人が、患部の痛まない日をひたすらに願うことに似ていた。戦争によって、彼の心は一層脆くなっていた。そういう心を自分の部屋に残して、下宿部屋の机のヒキダシに仕舞い込んでおいて会社へ出て行き、機械の一部分となって動きつづけ、夜になればもとの部屋へ戻ってくる。その生活の形の中に身を置くことを、彼は欲したのだ。

そして、彼は希望どおり、ある大会社の社員になった。

それなのに、川沿いの道をその会社へ向うためでなく歩いている今、彼は解放された気持を味わっている。何故だろう。実際にサラリーマンになってみると、岐部はその心を自分の部屋に置きっぱなしにしておくわけにはいかぬことが分った。迂闊なことだったが、サラリーマンの仕事の大きな部分は、社内の対人関係に当てられなくてはならぬことが分った。

岐部の下駄の歯が、石塊（いしくれ）を踏みつけて、彼の足がもつれた。立ち直ったとき、また一人の女とすれ違った。その若い女はたっぷり香水を塗りつけているらしく、その匂いは航跡のように、いつまでも彼の歩む方向に残っていた。

その匂いと、それまで考えていたこととが混り合って、岐部はその日の明方の夢を思い出した。

奇妙な夢だった。死んだ友人Aの夢だ。Aは朱色の袖の長い着物を着ていた。Aは男性なのだから、それは女装というべきなのか。いや、むしろその濃厚な色の袖の長い着物がAに襲いかかり、Aの軀をつつみ込んでいるようにも見えた。Aはいが栗頭になっていた。Aの頭は顱（ろ）

頂の中央のあたりに横にくびれがあって、そのくびれがAの前頭部と後頭部をはっきり分けていた。そして、Aの後頭部からうなじにかけて、一面に真赤な色が塗られていた。その赤は、血の赤ではない。赤チンキの、朱色がかった鈍い赤だった。赤いチンキを後頭部からうなじにかけて一面にぬたくった振袖姿のAは、灰白色の坂を登っていった。その坂は、垂直にちかいほど急な勾配を示していた。Aは軀を前のめりにして、小刻みな足のはこびで、スッスッと至極簡単に坂を登り切ってしまい、坂の上に姿を消した。岐部も、その後から坂を登ろうとした。しかし、大きな壁のようにそそり立っている灰白色の坂は、つるつるして足がかりも何も、つきはしないのだった。

Aも敏感すぎる心を持っていた。心の肌に傷がつくと、外界へ向って延びていた触手はすべて内側にまくれ込んでしまい、Aはつるつるした毬のようになって烈しい眠気に襲われるのだ。それは、病気の一種といえた。Aは、女性と会うときは、心を自分の部屋に置いて、机のヒキダシの中に仕舞い込んでおいて出かけて行った。恋愛に陥りそうな危険な相手は、慎重に避けた。しかし、女はAにとって、必要な、無くては困るものであった。

Aは恰好な相手を見付けた。年上の戦争未亡人だった。軀だけのつきあいを、Aはその女とつづけた。Aは恰好の相手を見付けたつもりだった。しかし、彼女は、その心を彼女自身の部屋に置いてきてはいなかった。ある初冬、女がAを小旅行に誘った。Aは軀だけ持って旅行に出かけた。当然、そして皮肉なことに、Aの生理を女は知悉していた。軀の交歓の後、すぐにAは便所に行く。部屋に戻ってみると、ビールを満たしたコップが二つ、枕もとに並んでいた。乾杯！　と言ったかどうかは今となっては知る術もない。しかし、岐部には、そう言った時のAの表情が想像できる。Aは満足していた筈だ。女とのつき合いは、これでよいのだ。二人はコップのビールを口の中に注ぎ込んだ。女は一息に、全部の液体を喉の奥へ投げ入れた。Aはがぶりと飲み込んだ。おそらく、咄嗟には何が起ったか判断し兼ねたであろう。ビールの中には青酸加里が入れられてあった。

岐部は、変事を知らされて、後始末のためにAと女の旅行先へ急行した。女の枕もとのコップは空になっており、Aのコップには液体が半分残っていた。女は苦悶の跡のない即死であり、Aの死骸には苦悶の跡が露わであった。

明方の岐部の夢の中で、Aは前のめりになって、至極無造作に、スッスッと殆ど垂直の坂を登って行ってしまった。朱色の袖の長い着物が、Aをくるみ込んで、坂の上に持って行ってしまった。そして、岐部の足はその坂の上り口でつるつる滑った。岐部は、それから何年も経った今、こうやって川沿いの道を下駄履きで歩いているのだった。

岐部は川沿いの道を歩いて行った。彼の部屋と駅とのほぼ中間の地点に、平家の古ぼけた建物がある。それは建物というよりは、古材木の雑然とした堆積にちかい。窪地の底の陰湿な土地にへばりつくように、その家は建っている。

その家屋の横腹に、剝げかかった大きなペンキの文字が並んでいる。

『臥竜荘(がりようそう)アパート』

毎朝、この建物の傍を通り過ぎる度に、岐部は奇妙な心持になったものだ。「どういう連中が、このアパートに住んでいるのだろう」と岐部は考える。ボロボロのアパートに住んでいることについて、岐部の考えが向いたわけではない。「臥竜荘」という大袈裟な名前のついたボロボロのアパートに顔をしかめないで住んでいることのできる人間は、余程自負心を失ってしまった人間か、さもなければ余程厚顔な自負心を抱いている人間としてしか、岐部には思い浮べられなかった。

つまり岐部は、このアパートの住人たちに関心を持っていた。しかし、毎朝彼がその傍を通り過ぎるときには、その建物の窓は、一つとして開いているものがなかった。そのことは、不思議におもえた。余程朝寝坊の連中か、薄明るい時刻に出かけてしまう連中しか、住んでいないのだろうか。

ところが、この日、臥竜荘の窓が一つ開いていた。道に面したその開いた窓から、大きな足首がにゅっと突き出ていた。男の片脚の足首である。その足の親指に赤いリボンが結びつけてあって、長く垂れ下ったそのリボンは早春の風の中で翻(ひるがえ)っていた。

その足首のすぐ傍を通り抜け、駅前商店街でタバコを一箱買った岐部が同じ道を引返してきた時、相変らずその足首は突き出たままで、赤いリボンはひらひら揺れていた。

岐部は腕を伸ばして、指先でそのリボンをつまみ、軽く引張ってみた。

「かかった、かかった」

薄暗い部屋の中で、意味の分らぬ叫び声がひびき、次の瞬間、開いた窓の空間に男の首が現われた。

「なんだ、男か」

と、その首が言った。

「ちょっと君に質問しますがね、なぜ君は僕の足のリボンを引張る気持になりましたか」

その男は、にやにや笑いながら、岐部に話しかけた。喉の塞がったような、嗄(しやが)れた、へんな声だった。

「眼の前で、赤い布がひらひら動くので、つまんでみたくなったわけですよ」

「なるほど、平凡な理由ですな。もっとも、こっちの狙いもそんなところなんだ」

「それからね、赤いリボンの結んである足首が、硬直した材木のような死体に繋がっているとふと思えてね、生きてるかどうか調べてみたのです」

「へえ、材木のような死体か」

岐部は、この初対面の男との会話に、しだいに興味を持ちはじめた。

「タバコを買って戻ってきても、相変らず足が出ている。リボンは動くし、足はじっと動かないし。それに、いつも窓の閉っているこの建物と死体とは、なかなか似合うじゃありませんか」

「死体と似合うか。いや、いずれにせよ、このリボンを引張りたくなる人間がいるということが分ったのは大収穫だ。ただし、引張ったのが男だったのは、残念だが」

岐部は相手の顔をあらためて眺めた。黒い穴のように開いた臥竜荘の窓に、男の青白い顔が浮び上っていた。ひげの剃りあとが、あおあおと光っていた。暗い海底にうずくまって、獲物を狙っている大きな魚を、岐部は連想した。長いひげを、ゆらゆら揺れ動かす。その先端がピカピカ光り、小さな魚をおびき寄せる。そして、大きな口を開けて、獲物を嚥み込んでしまう。

「なるほど、女の子を釣り上げるつもりだったのか。それでぱくりと食べてしまおうというわけか」

「人聞きのわるいことを言わないでもらいたいね。これは、僕の唯一の治療法なんだから」

男の喉がとうとう塞がって、彼は烈しく咳き込んだ。

「男を相手に話をしていると、どうも軀の調子がわるくなっていけない」

男は、嗄れた声で説明をはじめた。

「いま僕の喉がつまっているのは、アレルギー性のゼンソクのためなんだ。それと一緒に、アレルギー性の皮膚炎もかかえ込んでいる」

軀の中の神経のバランスが崩れることによって、その症状が起る。その症状はゼンソクという形で現われることもあれば、ジンマシンという形を取る場合もある。彼のその症状が起りはじめたのは、戦争中のことだった。

「戦争中には、反ってその症状が現われなくなった人間もいるんだ。精神が緊張したために、それまでと神経のバランスの具合が違ってきたのが、その原因なんだ。ところが、その逆に、それまではなんともなかった人間に、そういう症状が現われるようになった場合がある。僕がその一例でね、これはどういうわけかな。おそらく、やる気がなくなったために、精神が弛緩して、神経のバランスが崩れたためじゃないかな。戦争に敗けたから、やる気がなくなったんじゃないんだよ。戦争中にやる気がなくなってしまったんだ。君、人間てやつは、いろいろなものに夢を抱くだろう。それに向って心をふくらませるわけだ。ところが、戦争というやつは、その夢からヴェールを剝がし取って、正体を見せてくれたんだ。戦争のおかげで、といったらよいのか、あるいは戦争のせいでといった方がよいのか、僕には判断がつきかねるが、正体を見てしまったのだ。僕の見たものが本当の正体かどうか分りはしないと言う人もあるだろうが、正体を見てしまった、と僕自身が思い込んでいるんだから、これはもうどうしようもないよ」

その男は、窓から岐部の方へ、いくぶん軀を乗り出してきた。その時、岐部は気付いた。その男の声から嗄れたところが無くなり、喉の塞がった様子が消えた。岐部が、そのことを男に向って指摘しようとしたとき、男が呟いた。

「おや、ゼンソクが直ったな。この話をするときだけ、僕は緊張するんだ」

「緊張すると、直るんだな」

「何物かに襲いかかろうとするような心構えになった時には、症状が消えている。ところがね、やる気がないんだから、そういう心構えになるときは、めったに無い。やる気があるのは、女の子にたいしてだけさ」

冗談を言っているのだろうと思って、岐部は相手の顔を見た。ところが、その男は真面目な表情で、言葉をつづけた。

「女の子にたいしては、やる気がある。襲いかかろうとする緊張した心構えになる。これが、僕の唯一の治療法というわけさ。しかし、一度やってしまえば、それでおしまいだ。二度目には、この薬の効き目は無くなっている。そこで別の対象を探さなくてはならない。次から次へと女の子を探して歩くことになる。ただ治療の材料として探しているんだ。しかし、女の子もそう沢山いるものじゃないね。面倒くさくなって、面白半分に窓から足を出しておいたら、ひっかかったのは不精ひげの生えた野郎だったわけだ。しかし、そのおかげで、一応ゼンソクはおさまった。これからも、苦しくなったらまた足を出して、リボンをひらひらさせておくことにしましょう。ところで、リボンの色は、赤でいいでしょうか、君」

「そうだなあ、金色のリボンなんかも、いいんじゃないか」

岐部が、相手の言葉に釣り込まれて、おもわず返事をすると、

「はっはっは、金色ねえ、金色もエレガントでいいもんですな、いや、どうもいろいろありがとう」

と、その男はからかうような笑い声を残して、ひょいと窓から首を引込めてしまった。

川沿いの道に、岐部は取残された。彼は苦笑して、歩きはじめた。臥竜荘の男のことが、頭から離れない。その男のことを考えると、岐部は奇妙な心持になった。その男の生きている日々の中で、彼ははっきりした一つの目的をもっている。その目的というのは、アレルギー症状の苦痛から脱れ出すことだ。そのためには、彼は精神を緊張させ、襲いかかる姿勢を取らなくてはならない。その姿勢は、エネルギッシュであり情熱的であるとさえいえる。それによって、彼はようやく人並の健康状態に復することができる。その状態に達した後は、彼のその姿勢は消えてしまう。その姿勢を持続さすことはできない。

肉体の苦痛から脱れようと絶えず試みていることが、彼の日々の目的となっている。心をふ

くらませ夢を描くに足りる対象が何も無くなってしまったと言うその男にとって、病気が彼を生きつづけさせているものになっている。そういう皮肉な結果になっているのではないか。

岐部は、その男の顔を掠めた傲岸さと自嘲の色とをこもごも思い浮べた。岐部はそれと同じ表情を、自分の顔の上に浮び上らせてみた。彼は露骨に、その表情を現わし、そのまま顔の上に引留めた。会社勤めをはじめて以来、長い間その表情は傍らへ押しやられていた。いま、彼の顔に現われている表情は、彼を学生時代に連れ戻した。Aの顔にも、Bにも Cにも、赤堀にも、そして岐部自身にも、その表情はしばしば露わに浮び上っていたものだ。

BもCも死んでしまった友人たちだ。高等学校の文科で同級だった。岐部たちは、当時、生きる目的を見付けることができなくても、生きたまま戦争の終りの日を迎える方法を考えることで頭をいっぱいにしておくことができた。

当時、彼らの年頃の文科生は、遅くとも大学在学中には、軍隊へ行かなくてはならなかった。そこで、BとCは、卒業したら長崎の医科大学に進むことに決めた。当時、特例が設けられて、文科生の医科への方向転換が認められることになっていた。医科生になれば、徴兵猶予が認められたのだ。岐部も、BとCと同じ考えだった。軍隊へ入れられないで済めば、それに越したことはなかったし、その方が生きのびる可能性が大きいとの判断には謬り(あやま)は無い筈だった。

BとCと、岐部との間柄からしても、彼は当然、一緒に長崎へ行っている筈だった。しかし、彼は東京の大学へ入ってしまった。その理由はきわめて簡単なことだった。彼には、その時ひどい混雑の汽車に乗って、長崎までの一昼夜半を過さなくてはならぬことが、他のどんなことよりも億劫だったからである。

敗戦の数日前、広島につづいての二発目の原子爆弾が長崎上空で炸裂して、市街の大半が一瞬にして壊滅した。長崎医科大学の教室では、講義中の様子そのままに、教授も生徒たちも、椅子に坐ったままの黒焦げ死体になって並んでいた、という。BとCの下宿は町外れにあって、その建物が崩れ落ちはしたが、死者は無かった。しかし、なまけものである筈のBとCは、この日に限って講義に出席していた。

そして、岐部は生きている。いま、こうやって、川沿いの道を歩いている。その記憶の中に引戻された岐部は、重い疲労に襲われた。暗い、徒労の感じを覚えながら、下宿屋へ向ってゆっくり歩いて行った。

一週間以上、岐部は自分の部屋を離れなかった。時間に縛られない生活に投げ込まれてみると、彼は自分の軀の中の深い疲労に気付いた。毎日毎日、ひどく睡(ねむ)たかった。

岐部は力の抜けた手足を投げ出して、眠りつづけた。しかし、それは、休暇の日々の中で自分勝手に手足を伸ばしている姿勢でもあった。今のところ、失業したことについては、彼は比較的暢気に構えていた。失業保険は、甚だ不十分な額にしても、六ヵ月間支払われる。退職金も、手に入っていた。職を失った不安もあったが、有給休暇の日々の中に身を置いた気分も強かった。

睡たい期間が過ぎると、岐部は退屈を感じはじめた。

風の強い日だった。岐部は部屋を出て、川沿いの道を十五分間歩き、郊外電車に乗った。終点で乗換えるとき、彼は半ば無意識のうちに、赤堀の会社の方角へ行く電車を選んでいた。その電車が走り出した時、彼は電車が自分を何処へ運ぼうとしているかということに気付いた。

「赤堀は不在かもしれない、が、ともかく訪ねてみよう」

と、岐部は思い定めた。

古びた木造二階家の狭い階段を、岐部はゆっくり上っていった。階下は洋紙店の店舗になっていた。洋紙店といっても、紙のブローカーで、その主人が赤堀たちの編集している雑誌の新しい金主になっていた。従って、階下の部屋は、雑誌社の営業部にも当てられていた。

二階は薄暗かった。窓の傍の椅子に赤堀が腰掛け、その膝の上に赤いセーターの女が載って、二人は接吻を交わしていた。一組の男女は、階段を上ってきた岐部に気付かぬ様子で、同じ姿勢をつづけていた。女の赤いセーターの端がすこし捲（まく）れ上って、スカートとの間に裸の皮膚が白い輪のように覗いていた。あきらかに、彼女は素肌の上にじかにセーターを着ていた。

岐部は当惑して立止ったが、足音を強くして二、三歩彼らの方へ歩み寄った。赤堀と女の顔が同時に、岐部の方を向いた。見知らぬ女の顔だった。彼らの四つの眼は、一斉に白く光った。その光は、咎める光か狼狽のものか、岐部には判断が付かなかった。

女はゆっくりとした動作で赤堀の膝から離れ、壁の傍の椅子に坐った。赤いセーターの胸が高く盛り上り、髪の毛と眉毛と睫毛が黒く濃いのが目立った。

赤堀も立上って、隣の窓ぎわの椅子に坐り直した。そのことは、やはり幾分面映い気分があるためだろうか、と岐部は思いながら部屋の中央に二つ置かれている応接用の椅子に腰をおろした。

「なんだ、岐部か。クビになったからといって、猫みたいに足音も立てないで歩くなんて、元気がないぞ」

と、赤堀が大きな声で言った。

「この人は、大分以前からの知り合いだ。女流詩人、といっても誰も知りはしない。が、いい詩を書く。どんどん、沢山、あふれ出すように書く。オナニイや夢精や同性愛の詩ばかり書く。そのくせ、亭主がいるんだ。亭主は哲学科の学生だ。哲学者はコキュに似合う。いや、あれは前の亭主だったかな。ともかく、猛烈な詩を書く。あまり猛烈なので、ワイセツ感などは吹飛んでしまって全然見当らないのが取柄だ」

赤堀が饒舌になり露骨な言葉で初対面の女を紹介するのを、面映さの反動だと解釈すると間違いになるだろうか、とまたしても岐部は考える。強い風がガラス窓に吹きつけて、閉ざされた観音開きの窓がカタカタ鳴った。

話し終えると、赤堀は立ち上って元の自分の席に戻り、煙草に火を付けた。女は壁の隅の椅子に軀を沈めていた。眼が、ギラギラと獣じみて光っていた。肌が濡れたように、精力的にひかっていた。岐部はふたたび疲労を覚えた。うっとうしい心持になった。窓がガタガタと風に鳴った。不意に、先日の少女の青白いバランスを失った小さな軀が、懐かしく思い出された。赤堀と自分とは、似通った学生だった筈だ。しかし、岐部は、赤堀の学生時代を思い出そうと試みて、やり損った。

風がまたしても真正面から吹き付けてきて、窓の軋む音がした、次の瞬間、赤堀の隣の窓、先刻までその窓の前の椅子に彼は腰をおろしていたのだが、その窓が吸い出されるように大きく外側へ開いた。三人の視線がその窓へ向けられたと同時に、その窓は烈しい風圧によって元の位置に押戻された。材木のぶつかり合う音が鳴り響いた。窓枠の中のガラスは、元の位置に留まり切らず、微塵となり、鋭い無数の砕片が白く燦めきながら部屋の中へ飛び込んできた。

叫び声が、短く響いた。

岐部は部屋の中央の椅子にもたれかかって、白い波の飛沫のように、薄暗い室内に散った窓ガラスを眺めていた。前へ長く投げ出した彼の靴の傍まで、ガラスの砕片が飛んできた。彼は黙っていた。声を出したのは、赤いセーターを着た女だ。

弾かれたように床の上に立上った二本の脚、互いに握り合わされた左右の掌、そういうものが岐部の眼に映った。すぐに、その組み合わされた掌はほどかれて、彼女は気抜けしたように椅子に軀を沈めた。

「よかったわ、元の椅子に戻っていて」

赤堀の軀を包み込むように、女の眼がやさしく光った。その眼の色は、岐部の心を刺戟した。色濃く化粧した少女の顔が、彼の脳裏に浮び上った。今夜はてんぷら屋へ出かけて、あの少女に会わなくてはならない、と岐部は考えた。いや、自分の下宿部屋を出るときから、そのつもりだったのにちがいない、と彼は思い当った。

階段を踏み鳴らす威勢のよい音がして、上り口に若い男の顔が覗いた。

「どうかしましたか、おや大分暗いね」

若者の指が壁のスイッチに触れた。ピシリときびしい音がして、天井の灯が点った。

「おや、もう一人お客さんが増えている」

と、若者はあいまいな笑いを浮べながら室内を見まわした。

「風だ、風がガラス窓を毀したんだ」

「おや、風ですか。あたしはまた……」

「また、どうしたんだ」

「いえいえ、では直ぐにガラス屋を引張ってきましょう」

威勢のよい足音が、階段を走り下りて行った。

女は立上って、部屋の隅にたてかけてある箒を手に取った。床の上や机の上に散乱しているガラスの細かい破片を、丁寧に片付けはじめた。女が軀を跼め、軀を捩り、さまざまの姿勢を取る毎に、女の軀のさまざまの部分が赤いセーターの下から力強く露わに浮び上って、岐部の眼に飛び込んできた。もう一度、岐部はあの少女の青白い小さい軀を思い浮べた。

「赤堀、てんぷら屋へ行ってみないか」

「てんぷら屋? ああ、この前の女の子のところか。行ってみようか」

「都合がわるいか」

「いや、かまわない。君も一緒に行くか?」

と、赤堀は女の方を向いた。

「そうね。どうしようかしら」

女は箒を動かす手をとどめて、床の上に佇んだ。そのままの姿勢で、女は動かなくなった。

てんぷら屋へ同行するかどうか決めるには、長すぎる時間、女はその姿勢をつづけていた。訝しくおもい、岐部は女の顔を眺めた。女は軽く口を開けていた。苦悶の翳が、かすかにその顔に刷かれていた。

驚いて、岐部は女に注意を集中した。その岐部の耳に、音楽が流れ込んできた。かすかな音で、その音楽は鳴っている。しだいに、その音が大きくなった。階段を上ってくる足音が聞えた。一段一段踏みつけるように、その足音はゆっくり上ってくる。足音が大きくなるに従って、音楽も大きくなった。口笛の音が、その曲をなぞった。聞き覚えのある曲だ。岐部は、その曲を思い出した。数年前流行した曲、いまは滅多に聞えてこない曲、ベニイ・グッドマンのメモリイズ・オブ・ユウである。

足音が階段の上に達して、若い男が姿を現わした。派手なチェックのシャツを着て、マンボズボンを穿いている。片手にポータブル・ラジオを提げていて、音楽はそのラジオから流れ出ていた。

女は赤いセーターにつつまれた胸と肩のあたりを大きく起伏させて、苦しそうにあえぎはじめた。鼻の先が白くとがったような顔つきになった。

「どうしたんだ」

赤堀が女に声をかけた。若い男の方を向いて、

「君は誰だ」

「ガラス屋です」

「なんだ、ガラス屋か」

「こわれた窓の寸法を計りにきたんでさ」

女があえぎながら、苦しそうに言った。

「その音楽、やめて。ラジオ、とめてちょうだい」

「君、ラジオをとめてくれ」

赤堀がガラス屋の若者に言った。

「この時間は聞き逃せないんだがな。わざわざこのラジオぶら提げてきたんだ。すぐこい、と引張ってこられちゃって」

若者は、不服そうにスイッチを切った。

「手提げの中に、注射器が入っているわ」

女は軀を深く折り曲げて前踞みの姿勢になり、肩で息をしながら、赤堀に言った。

「あ、そうか」

「どうしたんだ」

岐部が訊ねた。

「ゼンソクの発作だ。発作のことは聞いていたけれど、実際にぶつかったのは初めてなので、うっかりしていた。そうと分れば、話は簡単だ。注射は得意なんだ」

赤堀は手早く、注射器の中へアンプルの薬液を女の指示した量だけ吸い上げた。そして、床の上にうずくまっている女の腕を捉えると、赤いセーターの袖をめくり上げて、銀色の針を女の皮膚の下にすべり込ませた。

女は立上ると、椅子の中に深く軀を沈めた。注射をしてからの女の顔は、蒼白になっていた。脣の色も褪せてしまった。

しかし、間もなく、その顔に血の色が戻ってきた。それと同時に、胸と肩の起伏が小さくなり、やがて苦悶の翳は彼女の軀から拭い去ったように消えてしまった。呆気にとられて佇んでいる岐部とガラス屋の若者を見まわして、女は笑顔を示した。

「ああ、苦しかった」

「どうして、そんなに不意に発作が起ったんだ」

と、赤堀が訊ねた。女はちょっと言い淀んだが、

「音楽のせいよ。さっきの曲を聞くと、ダメなの。他の曲なら何ともないんだけど」

「音楽か、とにかく、今日ははやく車で帰ることだな。発作のあとで、てんぷらというわけにもいくまい」

女を乗せた車が走り去り、路上に岐部と赤堀の二人が取り残された。

「ゼンソクの発作というものは、ひどいものだな」

と、岐部が呟いた。先刻からその脳裏に、臥竜荘の男の顔が浮び上っていた。

「音楽のせいか。それは知らなかった。少女の頃、おふくろのシュミーズのにおいを嗅ぐと発作が起った、ということは聞いていたが。柄に似合わず神経過敏な女だな」

「しかし、どうして音楽で発作が起るんだろう」

「その説明はできないこともないが。ところで岐部、あの曲は、何というやつだったかな」

「メモリイズ・オブ・ユウ」

「あなたの思い出、か」

そう呟いた赤堀の顔に、一瞬、不快の色が掠(かす)めた。そして彼は、口を噤(つぐ)んで、その話題を傍らへ押し除けてしまった。

先日、少女が描いてくれた地図には、写真屋からの道順が記されてあった。岐部と赤堀とが、その道順を辿って歩いて行くと、道は迂回して、赤堀の社の裏側の町に出た。

目標のてんぷら屋は、粗末な小さな店構えで、入口に縄ののれんが垂れ下っていた。

「すっかり遠まわりしてしまった。この町なら、社から歩いて五分で来れる」

赤堀は、その店の前で立止って、あたりの町の風景を見まわしながら呟いた。岐部は、その店の戸に手をかけて、ふっと躊う気持に捉えられた。

「はやく入れよ、どうしたんだ」

「いや。ほんとうに、この店に居るのだろうか」

「ほんとうに？」

訝しそうな表情が、赤堀の顔に浮んだ。その表情が崩れて薄い笑いに変りそうな気配を感じて、岐部はいそいで戸を開いた。

店の中には、あの少女の姿は見えなかった。腰掛に坐って、二人は酒を註文した。白い割烹着の袖からのぞいている主人の腕に、渦巻くように黒い毛が生えているのが、なによりも先に、岐部の眼に映った。この店の主人は肥満してあから顔で眉毛の薄い男だ、と彼は漠然と想像していた。しかし、眼の前にいる主人は、げじげじ眉の痩せた男だった。眉と眉のあいだに、時折、神経質そうな皺が寄った。

もう一度、岐部は店の中を見まわした。やはり、少女の姿は見えなかった。彼は黙って、盃の酒を口に運んだ。

「おやじさん、エイちゃんがいないね、エイちゃんはどうしたね」

隣の席の中年男が、岐部の訊ねたいことを、気軽な調子で言った。

「もうおっつけ帰ってくる頃なんですがね。あいつ、この頃、妙なことに凝りはじめやがって」

「なんだね、その、妙なことってのは」

「のど自慢でさ」

主人は、嚙んで吐き出すように言った。

「なるほど。そういえば、この前の夕方、物干しで歌っていたっけ。なかなか良い声だったぜ」

「つい一週間ほど前からなんですがね、あちこちハガキを出したり、見学に出かけたりでね。まだ順番はまわってこないようなんだが、そのうち必ず賞金をもらってくる、て言うんでね、あきらめて許しているんでさ。なにせ自分の娘じゃないから、そう強いことも言えないでね」

赤堀が、横から口を挿んだ。

「まあ許してやるんだね。うまくすれば、そのうちスターだぜ」

「へっへ、まさかスターにはね」

てんぷらにころもを付けていた主人は、上げた顔を赤堀に向け、「おや見馴れない顔だな」と、いぶかる表情になった。

丁度その時、裏口が開いて、少女が姿を現わした。つけ睫毛は付けていなかったが、先日と

同じく濃く化粧した少女が這入ってきた。彼女は岐部たちの姿をみると、ちょっと戸惑った表情になったが、

「あら、センセ、いらっしゃい。よくいらっしゃいました。おじさん、こちらジャーナリストのセンセイ。あたしを売出してくれるセンセイ」

と、勢いよく、歌うように言った。

岐部は、その咄嗟の嘘を疎ましく感じて少女の顔に眼を走らせた。そして、岐部は少女の横顔の線に、孤児の狡猾さと逞しさを感じ取った。

少女は岐部と赤堀の背後に立つと、二人の肩をかかえ込むようにして、耳許にささやいた。

「ごめんなさい。ああ言って置かないと、おじさん、とってもうるさいの。この店以外の場所で男の人と知り合ったなんて、具合がわるいの。それに、いまあたしの言ったこと、すっかり嘘というわけじゃないもの」

「そうさ、嘘じゃない。君を売出してやる。南京豆くらいの大きさにして、うじゃうじゃ売出してやる」

赤堀の言葉に、岐部は少女の青白い小さな裸体を思い出した。不意に胸苦しくなった。赤堀の横腹を小突いて、

「おい、やめろよ」

と、岐部はささやいた。

「おや、岐部。どうして？」

少女の声が聞えた。

「あれは本当に売出すの」

「本当さ」

「いつ」

「そのうち」

「顔、わかる？」

岐部が言葉を挿んだ。

「分った方がいいのか、分らない方がいいのか」

「分らない方がいい」

「そうか、それはよかった」

少女が岐部たちの傍を離れたとき、赤堀が囁いた。

「君は、あの女の子にたいしてひどくデリケートになっているな。惚れたのか」

岐部は黙って、自分の心を覗いてみていた。

「あの頭でっかちの、バランスの取れない女の子に惚れているのかね」

もう一度、赤堀が耳もとでささやいた。

「惚れてはいない、気に入っているらしい」

「それはどちらでもいいが、どこが気に入っているんだ」

「バランスの取れていないところに、魅力があるんだ」

「あの娘の肌は、ひどく荒れているぞ。まるで中年の女の肌みたいだ」

と、赤堀は意地悪な表情を覗かせて、岐部の顔を見詰めた。岐部は相手の視線をはずして、店の中を見まわした。少女は、壁に寄りかかって、ぼんやり考えごとをしている顔つきだった。

その顔を、斜め上の壁に取りつけてある電燈が、強く照らし出していた。

その照明の下では、少女の顔の肌は、毛穴がすべて大きく開いているように見えた。荒廃した色さえ示していた。それが、いかにも若い娘らしい線の崩れていない眼や鼻の背景となって、奇妙な対照を示していた。

もうかなり長い年月、あの少女はこのてんぷら屋で働いていることになる。幼い骨格の消えぬうちから、働いてきたわけだ。いつも、あのように濃い化粧をしていたのだろうか。幼い皮膚が、化粧のために崩されたのだろうか。と、岐部は少女の姿を眺めながら考えた。彼は、そこから少女の生活の疲れを読みとり、いじらしく思った。

岐部は、主人の姿におもわず眼を走らせた。てんぷら屋のおやじは、白い割烹着から黒い毛の渦巻いている腕をのぞかせて、長い箸を器用に扱っていた。

もう一度、岐部は、壁に寄りかかっている少女に視線を移した。

少女の放心したような表情には、烈しい疲労の色が覗いていた。

たしかに年増女に似た表情が覗いていた。その瞬間の少女の顔には、見詰めていた。その気配に気付いた少女は、眼を動かして彼の視線を捉えた。彼は、少女の顔を見詰めていた。その気配に気付い

斉に引締った。不意に、少女の顔から年増女に似た表情は消え去った。そして、未成熟な少女の顔が残った。その移り変りに、彼は感動に似た心持を覚えた。岐部の眼は、少女から離れなくなっていた。

「知っている。そこが可憐で、気に入っているんだ」

と、やがて岐部は赤堀の方を向いて、答えた。

「え、なにが。ああ、さっきの返事か。へんなやつだな」

と、赤堀がにが笑いをみせたので、岐部は短くない時間、自分が少女のことに心を奪われていたことを知った。

岐部は、日課のようなものができた。毎日というわけではなかったが、三日に一度くらいの割合で、彼は夕刻が近づくと下宿部屋を出た。どぶ川沿いの道を歩いて、駅前商店街を抜け、

電車に乗る。川沿いの道の傍の臥竜荘では、すべて窓が閉じられて、足首を窓から突き出していたあの男の姿は見当らなかった。

電車を乗換えて、岐部は陽光社編集室に顔を出す。そして、裏手の町に在るてんぷら屋へ行く。

これが、岐部の定まった足取りとなってしまった。時折、赤堀が同行したが、岐部一人だけで、てんぷら屋へ行くことが多かった。

ある雨の日、岐部は少女の耳朶に、ピカピカ光る大きな金属が吊されているのを見た。

「ひどくハデな耳飾りを、ぶら下げているじゃないか」

「あら、気がついた」

と、少女は機嫌のよい笑顔を向けた。

「ひどく、嬉しそうじゃないか」

少女は、彼の傍の椅子に坐ると、ささやいた。

「のど自慢の予選にパスしてね。ちょっぴり賞金をもらったの」

「しかし、その耳飾り、趣味がよくないな」

「あら、趣味、よくない」

少女は反射的に両腕を持ち上げて、指で耳を抑えると、困ったような笑顔を見せた。

「大きすぎる」

「どんなのがいいのか、教えて」

「今度、一しょに見に行こう。買ってあげよう」

「いま、一しょに行って」

「いま、店を抜けちゃ、いけないだろう」

「かまわない。あたし、今日はおじさんに怒っているの。だから、かまわないの」

「おじさんが、前と違ったことをしたのか」

「前とおなじことしかさせやしない。支度してすぐ行くわ。三つ目の角にポストがある。そこで待っていて」

雨は小降りになっていた。岐部は、蝙蝠傘を拡げて、塗り立ての真赤なポストの傍に佇んだ。少女を待っていた。少女の耳にぶら下った大きなピカピカ光る耳飾りのことを考えていた。紅い柄の小さな雨傘を持って、少女は小走りに近寄ってきた。岐部の傍で、勢いよく傘を開くと、二人は並んで歩きはじめた。少女は、自分のパスしたノド自慢の予選について、説明をはじめた。

少女が予選を通過したノド自慢大会は、「トラップトロップ製菓会社」主催のものである。この大会は、ＮＨＫ全国ノド自慢大会などに比べると、はるかに小規模のものだが、それでも決勝大会までには幾つもの段階がある。いろいろ入組んだ仕組みになっている。もしもこの大会に優勝すれば、向う一ヵ年「トラップトロップ製菓会社」と契約を結び、一週二回その会社がスポンサーになっているテレビ番組のはじめに、テーマ・ソングを歌う役割を振り当てられる。それが、この大会の優勝者に与えられる特典である。

「優勝すれば、テレビに出れるの」

と、少女の眼がキラキラ光った。耳朶で、大きな耳飾りがキラキラ光った。岐部は、しばらく沈黙して、歩いた。少女の夢は、テレビの画面に出て、歌をうたうことだ。たくさんの眼を、自分の方へ向けさせることだ。そして、少女は予選に通過すると、すぐに耳飾りを吊した。いまさら考えるまでもなく、耳飾りは自分の眼には見えないものだ。自分の耳に向けられる他人の目を意識して吊すものだ。そして、この安ピカものの大きな耳飾り。岐部は、不意に、少女が孤児として育ったことを強く感じた。屋根裏部屋を這いまわるような生活をしてきたのだろう。

不意に、少女は立止ると、

「あたし、自動車に乗ってみたい」

と、吐息と一しょに声を吐き出した。

「ね、笑っちゃいや。あたし、自動車に乗ってみたい」

岐部は、むしろ狼狽して、いそいでタクシーを停めた。少女は、シートの上で小さく軀を二、三度弾ませると、

「あたし、自動車に乗るの、生れてはじめて」

と、岐部の耳にささやいた。岐部の心は、はげしく揺れ動いていた。それは、いたましい気持か、いじらしい、愛憐にちかい気持か。果してどういうものなのか、自分でも判断がつかなかった。

「そうだ、遠くまで、自動車に乗ろう。遠くの町へ行ってみよう」

少女は、ふかぶかと座席に腰を落しこむと、

「あたし、お酒が飲みたい」

と呟いた。

都会の端まで、彼らは自動車を走らせた。その町の小さな店に、岐部は少女を伴って入った。

「水のしずくのような、小さな石がいい。血のしたたりのような石でもいい」

心の中で呟きながら、岐部は幾つもの小さな耳飾りを、少女の耳に当てがってみた。しかし、どの石も、少女の耳にはうまく落着かなかった。

「どれも、似合わないね」

不意に、岐部は理解しかかった。少女には、その大きなピカピカ光る金属が、最もよく似合

っているのかもしれない。

「君、それがやはり一番似合うのかもしれない。そうでなければ、なにも付けないかだ」

少女は困ったような笑顔をみせた。

「あたし、取ってしまうわ」

少女は首を傾けて、両手の指でそっと大きな耳飾りをはずし、スカートのポケットに蔵めた。

彼女はハンドバッグも、レインコートも持っていない。

「酒を飲もう」

岐部は、少女を地下室の酒場へ連れて行った。

少女は酒に馴れていなかった。少量の酒に酔ってしまった。足取りの覚束なくなった少女の躯を支え、彼は酒場の階段を昇って地面の上へ出ると、電車の駅の方へ向った。自動車に乗って少女を送って行くには、岐部の所持金は不足になっていた。

プラットホームには、冷たい風が吹き抜けていた。彼は少女をベンチに坐らせて、しばらく酔った躯を風に当てさせた。

幾台も電車を見送り、やがて、岐部は少女を支えて電車に乗った。少女は座席に腰をおとし、酔いで重くなった瞼を閉じていた。ドアが閉り、電車が走り出した瞬間、少女は躯を堅くしてパッと眼を開いた。

「あっ、傘を忘れちゃった！」

小さく叫んだ少女は、緊張した表情をあわてて崩すと、恥ずかしそうな顔になって呟いた。

「いいや、あんなボロガチャ」

さりげなく呟こうとしたのが、舌がもつれた。少女はいそいで言い直した。

「あんな、ボロ傘」

岐部は、少女が一人で住居まで帰れる状態になったのを見定めると、電車を降りた。そして、元の駅に引返した。

紅い柄の小さな雨傘は、駅長室の片隅に置かれてあった。老人の駅長は、穏やかな眼の色で、その女物の傘を岐部に手渡してくれた。

岐部は、深夜の下宿部屋にその傘を持ち込んで、そっと開いてみた。慈しむように、傘のあちこちを眺めまわした。幾本もの骨に、折れた箇所を継いだ痕があり、布には穴を糸でつくろった痕があちこちにあった。彼は、穴をかがっている少女の指を思い浮べた。少女の指は、ふしぎに荒されていなかった。節も高くなっていない、小さな細い指だった。彼は、その修復箇所を、一つ一つ、そっと指先でおさえてみた。

翌日は曇天だった。時折、小雨が降った。

岐部はレインコートを着て、紅い柄の傘を手に持って部屋を出た。川沿いの道を歩きながら、岐部はあの奇妙な男と無駄話をとり交わしてみたい気分にさえなった。しかし、臥竜荘の窓はその日も閉っていた。

少女のいるてんぷら屋へ行く前に、赤堀の社へ寄るのはほとんど習慣となってしまっていた。岐部が薄暗い階段を昇っているとき、不意に、赤堀の大きな笑い声が響いた。

その笑い声は、嘲弄するような、皮肉に入り組んだ響きをもっていた。岐部は階段の途中に立止って、ほとんど無意識のうちに、レインコートの内側に紅い柄の小さな傘を隠した。

岐部は自分の行為に気付くと、はげしく躊躇した。しかし、レインコートの下の傘をそのままにして、躯を突張らせた無器用な恰好で、階段を昇って行った。

階段を昇り切って、部屋の中を二、三歩、赤堀の方へ近寄ったとき、岐部のレインコートの下から小さな傘が滑り落ちた。

その傘は、鈍いそのくせ大きな音をたてて、床の上に横倒しになった。部屋の中の視線は、一斉にその傘に集まった。

床の上に落ちている、古ぼけた紅い柄の傘が眼に入ったとき、岐部の中に不意に強い感情が湧き上った。

緊張した、むしろ厳粛な顔をして、岐部はゆっくりその傘を拾い上げると、部屋の隅に立てかけた。その間も、彼の心には、強い感情が持続していた。それは、少女にたいする愛情だった。気に入っているだけではない。愛しているのだ、と岐部はひとりで呟いた。

赤堀は、紅い柄の傘と岐部とを見比べたが、何も言わなかった。そして、すぐに先の話のつづきに入っていった。

「それでは、一つ、そういう要領でよろしく頼みます」

「承知しました」

嗄れてギザギザになった声で、小柄な老人が答えた。老人というか、この男も年齢不詳の男である。ヨーカン色の羽織を着て、顔の皮膚も煤ぼけた渋紙色だ。そして、鼻下に小さな黒い髭を蓄えている。口を小さくすぼめて善良そうな顔になって笑うが、時折、片意地そうな偏屈な表情が覗いた。

その男は、いわゆる鴉声で、喋りつづける。

「いいですか、旅行したら、赤線に泊るに限ります。旅館に泊るのとたいして変らない値段で、その上、ほっかりした肉蒲団つきですからな」

と言い、口をすぼめて嬉しそうに笑った。

「売春研究家の山田さん」

と、赤堀が岐部を引き合せた。そして、山田に向き直ると、

「なにしろ、目下のところ、わが社には金がありませんので」

と言った。赤堀が山田に売春関係の原稿を依頼し終ったところへ、岐部が訪れたものとおもえた。その時、奥の椅子に腰かけていた松井が口を挿んだ。

「二十年の伝統を誇るわが社も、時代の移り変りには勝てませんで、目下苦戦中というところです。今のような傾向には、私は反対だったのです」

「今の傾向に反対とは、松井さん、山田さんに失礼じゃありませんか。そうそう、二十年の伝統といえば、戸棚の中に沢山積んであるアノ品物、山田さんに紹介してもらって売り口が見付けられないかな。どうでしょう、松井さん」

「アノ品物って」

「わが社が盛大で、代理部なども置いてあったとき、売り捌いていたあれですよ」

松井は、露骨に不快な表情を示した。

「なにも、あんなもの。幾らにもなりはしませんよ」

「しかし、何百ダースも残っているんですよ、バカにならない金額だとおもうな」

赤堀は戸棚を開いて、細長いボール箱を一つ抜き出して持ってきた。その中には、いわゆるサックと称するゴム製品が整然と並んでいた。山田はその一つをつまみ出すと、

「ほほう、突撃一番、と印刷してある。これは戦争中のものですな」

「そんな十年以上も昔のもの、ゴムが硬化してしまっていますよ」

と、松井が甲高い声で言った。

「いやいや、戦争中に軍隊向けに製(つく)った品は、なかなか優秀です。大丈夫かもしれません」

と、売春研究家はゴム製品を弁護して、巻き畳んで扁平になっているその品物をゆっくり指先で長く伸ばし、口をすぼめてその中に大きく息を吹き込んだ。ゴム風船のように大きく膨らんだその品物を、彼は片手でパンパンと叩き、

「なかなかしっかりしている」

と、嬉しそうに笑った。すぼめた唇の上で、黒い口髭がうねうねと動いた。

「松井さん、これが売れれば、安い月給の足し前がいくらかでもできますよ」

「それもそうだが」

「山田さんに紹介してもらえば。どうせ、どんどん消費している場所なんだから。松井さん、ちょっと行ってみませんか」

「私が？ 私はごめんこうむる。私は忙しいんだ。なにしろこの社は、走り使いの女の子さえ傭ってくれないのだから」

「忙しいのは、私も同じだが」

赤堀は、岐部の方を向くと、

「どうだ岐部、ひとつ手伝ってくれないか。君は暇があるだろう。昔から、偉大な恋人は暇人、と相場がきまっている」

岐部はヒヤリとした。赤堀のことを旧くからの友人と思って、しばしば陽光社編集室を訪れている自分のことを、赤堀が迷惑におもっているのではないか、とふと感じたからだ。しかし、赤堀の眼の中には、咎めている光も皮肉な光も現われていないようだった。というより、赤堀の眼には、例の手がかりの付けにくい光が現われていた、といった方が正確かもしれない。

「俺が行くのは何でもない。大学を出てから、どういうめぐり合せか、それに似たことばかりやってきた。松井さんは、自尊心がハートのところにあるから、厭だ、と言うことらしい。君はどうだ。なにか冒険でもするような気分になるとしたら、やってみるのも面白いじゃないか」

自尊心について語るときだけ、赤堀の手がかりのない表情に一瞬裂け目が現われ、神経が露わに浮び上る。岐部にとって、いまの赤堀はかなりあいまいな部分の多い人物になってしまっていた。手がかりの付けにくい表情に現われた裂け目から、岐部は赤堀を探ろうとした。この売春研究家と同行して娼家にサックを売りに行ってみることによって、赤堀の自尊心の在り具合を探ることができるかもしれぬ、と、岐部はその仕事を引受けた。

岐部は、紅い柄の傘を赤堀に預けると、出発した。

ヨーカン色の羽織を着た老人と岐部は、市街電車に乗って、大きな川を東北に渡った。川に沿って細長く設けられてある公園から右へ折れ込んだ一画に、目的の地帯があった。

夕方になっていた。夕焼が赤かった。

公園の端にある茶店の前で、老人は立止った。

「君、ダンゴを食って行こう。わしがご馳走する」

老人は前歯でダンゴを嚙み潰して、もぐもぐと嚥み込むと、岐部を眺めながらゆっくりした調子で喋りはじめた。

「さっき、赤堀さんがわしのことを売春研究家だと紹介した。へんなおやじだと、君はおもったかもしれない。売春にもいろいろある。君はまだ若いから、これからもいろいろな形の売春を見ることだろう。だが、わしの研究しているのは、赤線地帯にいる女についてだけだ。金を出せば買える、とはっきり分っている場所にいる見すぼらしい女たちだけだ。研究というか、愛着というか。わしは、そういう女たちに、愛着をもっている」

老人は、もう一つ、ダンゴを食べた。そして、彼の言葉はしだいに呟くようになって行った。しだいに感傷的な調子にもなって行った。

「君は、わしの声が嗄れているのは、梅毒かなにかだと考えているのだろう。いや、分っている。しかし、違う、結核が喉にきているためだ。わしはもう長く生きていないのを知っている。

赤線地帯も、もう二、三年ほどで潰されてしまうだろう。世の中が、そういう具合に動いている。わしも、丁度その頃、死ぬだろう。わしが死んだら、女たちが沢山集まってくれるだろう。わしは、あの場所の女たちには、親切だったからな」

老人の話を聞きながら、岐部はしきりに栄子という少女のことを思い出していた。老人の話とどういう脈絡があるのか分らないのだが、老人の言葉の間から、しきりに少女の顔が覗いた。

岐部は、不吉な予感を覚えた。

「いや、愚痴っぽくなった、さあ、出かけましょう」

平凡な町並の間に口を開いている路地に、山田は歩み入った。窓のない家の横腹が両側から迫っている細い路を、何回も曲って歩いて行くうちに、視界が開けた。路地の尽きるところ、短冊形の視野の中で、明るいネオンの光、電燈の光につつまれて、はなやかな衣裳を身にまとった女が動いていた。嬌声と遊客の靴音が入り混ってひびいてきた。

山田は、暗い路地の途中で、足をとめた。すぐ左手に、裏木戸があった。彼はその木戸に手をかけて、そっと押した。内へ入ると、すぐ眼の前が、娼家の主人の居間だった。

岐部は緊張した。

「おや、山田さん、いらっしゃい」

頭の禿げた娼家の主人は、気軽に二人を居間に招き上げた。

「今日は妙な用件で伺ったんだが、これをひとつ買い取ってくれないかね。頼まれてしまってね」

「へえ、突撃一番、とはまた大時代なものだね」

「品物はしっかりしているよ。そうだ、君、ちょっとふくらませてあげなさい」

老人は岐部に声をかけた。

「僕がふくらませるんですか」

「そうですよ。この人の会社が売手なんでね、二百ダースばかりある。どうせ、この町では要るものなんだから、買い取ってあげてくださらんか」

岐部は、薄い紙袋からゴム製品を引出した。平たく巻き畳んである品物を、長く円筒形に引伸ばした。指先に当るゴムの感触が、粉っぽかった。その一端に口を当てがって、息を吹き込んだ。岐部の顔の前で、ゴム製品が膨れはじめた。ゴム風船のように大きくなり、岐部の鼻のあたまにゴムの膚が押し当って、二、三度弾んだ。いま、屈辱的な姿勢をしている、と思った。不意に、岐部は悪意を感じた。それが何ものの悪意か、はっきり摑めなかった。

老人は、岐部の膨らませたゴム製品を、邪慳に掌で叩いてみせた。

「ほら、しっかりしている」

「しかしねえ、十何年も前の品物じゃ。いまはいくらも新しいものがあるんだから。おや、これは駄目だ。この品物には、先に小さな突起が付いていない、のっぺらぼうだ。これはいまのスタイルじゃないですからな」

「なるほど、そういうものかね」

「これはむしろ、風船そっくりにふくらんだところに、眼や鼻を描いて、夜店で売った方がいい、突起のないのが、かえって取柄になる」

「そういえば、そうだね。いや、分りました。この土地で、あんたにそう言われれば他に持ってゆき場はないよ。ねえ君、これは、もうあきらめましょう」

老人は、岐部を顧みて宣告を下した。

「それにねえ、山田さん」と、娼家の主人は言葉をつづけて、

「この土地も、もう長くないね。そうあたしは見ているんだ」

「そうだね」

「あんたもそう思うかね。まあ、サックの話は打切りにして、そのことについて酒でも飲みながら話しましょうや」

「そうするかね」

「あっしは、商売替えのことは、もう考えてあるんだ。ポリエチレンの工場に切りかえようかとおもっている」

岐部は、自分が不要の人物になったことを知った。主人と山田に挨拶して、彼は一人だけ娼家の居間を出た。

市街電車の停留所の方角へ、岐部は歩いているつもりなのだが、迷路に以た町は、彼をなかなか目的の街路に出してくれない。彼は暗い、ぬかるんだ道を曲り曲り歩いて行った。

「まったく、呆気なかった」

と、岐部は呟いた。ゴム製品を売り込む仕事は、その先に小さな突起が無かったという理由で、呆気なく駄目になってしまった。

「まったく、あっけなかった」

と、もう一度、岐部は念を押すように呟いた。しかし、果して本当に呆気なかったのだろうか。彼は心の隅に、鬱屈している部分を感じていた。

「しかし、ともかく、大したことはなかったわけだ」

岐部は、さらにもう一度、呟いた。「ともかく、ゴム製品と自分とは、直接のつながりを持っていない。ゴム製品を娼家の主人の手の中に握り込ませ、主人のフトコロから財布を引出す役目を、自分は半ば遊戯としてつとめていたのだから」

顔の前で大きく膨れ上ったゴム製品。岐部は脳裏で、松井という男にその姿勢を取らせてみた。また、赤堀にもその姿勢を取らせてみた。屈辱のために赤黒く変色した松井の顔を、岐部は脳裏に描いてみた。しかし、赤堀の顔には、岐部が新しく見出したあの表情、つるつるに磨き込んだ球面をおもわせる手がかりの付きにくい表情しか、被せることができなかった。

その顔つきの裏側は、どういうものに繋がっているのだろうか。潰れかかったまま長々と続いている会社で、赤堀の自尊心はズタズタに切り裂かれているのだろうか。それを放棄することによって、赤堀は生活力に満ちた姿勢を獲得することができているのだろうか。それとも、どこか別の場所に、心臓の在る場所でなく、膝の皿の裏側とか踵の端とか、そんなところに自尊心を移動させて保全しようとしているのだろうか。

いずれにせよ、赤堀は自尊心の処理について、岐部よりははるかに辛い体験を味わってきたにちがいない。赤堀が、自尊心に関しての会話のときだけ、神経を露わに示したのは、そのせいと考えてよさそうだ。

不意に彼は、明るい道路に出た。しかし、それは目的の街路ではない様子だった。道の両側に露店が立ち並んでいた。なにかの縁日の日らしい。寛いだ服装の人間たちが、ぞろぞろ沢山歩いていた。アセチレンガスのにおいが漂ってきた。アメ細工の店があった。綿菓子の店があった。

岐部の心の鬱屈した部分は、相変らず堅く小さく、ごろごろしていた。彼は綿菓子を一つ買った。雑沓の中を歩きながら、彼は割箸のまわりに桃色の雲のようにひろがっている砂糖菓子を、思い切り長く舌を出して、舐めてみた。

しばらくの間、岐部は下宿部屋に蟄居していた。

四月中旬のある日の午後、彼はタバコを買いに、部屋を出た。臥竜荘の横腹から、一条の赤い条(すじ)が翻っているのが、遠くから彼の眼に映った。

めずらしく窓が一つ開いて、赤いリボンが窓枠に結びつけられ、外側に垂れ下っているのだ。岐部は、指先でそのリボンをつまみながら、窓の内側の薄暗い空間に首を差入れてみた。

その瞬間、部屋の中で声がひびいた。

「やあ、久しぶりだな」

「不精をしているな。足の指にリボンを結んでおかなくちゃ、駄目じゃないか」

「そのリボンは、君を釣ろうとおもってね。君を釣るには、わざわざ足を窓に載せているまでもない。ちゃんと、こんな具合にかかってきたじゃないか」

「大分長い間、窓が閉ったきりだったが」

「ゼンソクが起ってね、閉口していたんだ。木の芽の伸びる音がする、とかいう春は苦手さ。春というのは、ほかほか暖かいよい季節だなんて無神経なことだ。寒い時と暑い時との境目じゃないか。毎日少しずつ、寒さから暑さへ移ってゆく、気候が不安定に揺れ動いている季節さ」

臥竜荘の男は、嗄れた声で愚痴を言った。

その日の彼は、顔の皮膚がいちめんに白い粉を吹いたようになっていた。

「そうすると、赤いリボンも、あまり収穫がなかったわけだね」

「ろくな女は、かかってこない。この界隈には魚が寡ない。雑魚ばかりだ。男の君が一番、効果があった。君と喋っていたときは、気管の具合が良くなったからな」

そう言いながらその男は、岐部の顔をじろじろ眺めていたが、

「おや、顔色が良いね。どうかしたのか？」

「大きな魚がかかってね」

「ほほう、刺身にして食っちまったか」

「いや、惚れちまってね」

「心臓にきたのか。その薬は長もちするけれどな。いや、君にはゼンソクはなかったのか。惚れるのは君、ゼンソクに良い、じわじわと長くきく薬だ。しかしね、それも良し悪しでねえ」

「どうして」

「惚れっぱなし、ということは有り得ないことだからな。いつかは、どうにかなってしまう。その後の揺り戻しが恐い。なまじ惚れただけに、振幅が大きい。へたをすると、ゼンソクが前

より悪化することになる」

「しかし、僕にはゼンソクもジンマシンも無いんだからね」

「いまは無くても、安心してはいられない。ある日、目が覚めたら、ひどいジンマシンになっていた、ということだってあるんだ。君、すこし、その話をしてやろうか」

と、臥竜荘の男は、舌の先を少しのぞかせて、ゆっくり上唇と下唇の上を一回転させた。その男の眼が光って、声の嗄れが消えてきた。

臥竜荘の男は、ある夫人の皮膚炎の話をした。ある日、不意に、夫人の左手薬指に発疹ができた。その炎症は毎日少しずつ範囲を拡げ、左の手首まで達した。さらに、それはじわじわと彼女の腕を昇りはじめ、前膊(ぜんはく)全体にまで拡がった。彼女はさまざまな医師の診察を受け、さまざまな薬を使ってみたが、その症状は五年間消えなかった。

ついに、ある医師が、その皮膚炎の原因を発見した。その原因が、彼女の左手薬指に嵌まっているダイヤモンドの結婚指輪であることを発見したのだ。結婚指輪を抜き去って、軟膏を塗りつけると、発疹は二、三時間のうちに消えさってしまう。しかし、指輪を嵌めると、二、三時間のうちに再び発疹が現われる。左の前膊全体が水ぶくれになって、痛みさえ出てくる。という話なのである。

「どうだ、こわい話だろう」

と、臥竜荘の男は、岐部の様子を確かめるように眺めながら言った。

「どういうわけかな。ウルシにかぶれるということは聞いたことがあるが、ダイヤモンドにもかぶれることがあるのかね」

「無邪気なことを言っているな。よしよし、いま説明してやる。まだ受入れ態勢が不十分だ」

「なんの受入れ態勢だ」

「君が皮膚炎やジンマシンになるための受入れ態勢だよ」

「僕は、そんなものになる必要はない」

「君はなくても、こちらの方で必要なんだ」

「わけの分らんことを言うのは、やめてくれたまえ」

「だから、いま、わけの分るように説明してやる」

臥竜荘の男の声から、嗄れたところは全く消え去っていた。結婚指輪がその夫人に皮膚炎を起させたことについての、彼の解釈は次のようなものだ。

夫人の炎症は、指輪の金属やダイヤモンドが原因となっているわけではあるまい。結婚指輪という、良人とのつながりを明示している品物に、夫人の心が過敏に感応しているのにちがいない。心の肌が爛れたり、ささくれ立ったりすることに、夫人の過敏になった皮膚がそのまま感応してゆくのだ。その炎症の原因が、結婚指輪にあるとすると、夫人とその良人との関係が、夫人の心の動揺を起させるものと推察されるわけになる。

「良人との関係というが、いったいどんな具合なのだろう」

と、釣り込まれて岐部が訊ねると、相手の男はつめたい笑い方をして、

「そんなことはどうでもいい。どうでも勝手に想像すればいいんだ。俺の言いたいことは、つまり、心が不安定になる、動揺する、とその影響が皮膚に現われることがある、ということなんだ。ゼンソクは、つまり気管の皮膚が炎症を起している、と考えてくれたまえ。いいか、惚れるのは結構だ。しかし、その揺り戻しがきた時、注意したまえよ」

「………」

「ところで君、下駄履きで、どこへ行くの」

「タバコを買いに」

「それでは行っていらっしゃい。帰りにまたここを通るわけだね。お待ちしていますよ」

岐部は、その男に操られているように、おもわず歩き出した。厭なやつだ、と呟いて、次の瞬間、岐部は立止った。先日、陽光社編集室で赤いセーターの女が、ゼンソクの発作を起したのを思い出したのだ。

「音楽で、発作が起ることがあるだろうか」

「音楽で？　どうしてそういうことを聞くんだ」

「いや、ちょっと」

「どこかで、そういう人間に会ったのか」

臥竜荘の男は、いつになくせきこんで訊ねた。岐部は、余裕を取戻して反問してみた。

「どうして」

「いや、そういう例があるなら、珍しいから調べたいとおもってね」

「ちょっと小耳に挿んだんだ」

そう言って、岐部は相手を眺めた。その男の顔には、あいまいな表情が浮んでいた。岐部は、その顔を背後に残して歩き出した。あいまいな表情が気にかかった。あの男は本当に、その例に興味を持ったのだろうか。それとも、あの女と何か因縁があるのだろうか。

「だいたい、あの男はどうやって食べて行っているのだろうか」

と、岐部は呟いて、背後に首をまわした。臥竜荘と名の付いた朽ちた木材の塊は、陰湿な地面にへばり付いていた。あの建物に住んでいるあの男は、女に養われて暮しているのがふさわしい。素肌に赤いセーターを着た、あの旺んな生活力の持主とみえる女を、岐部は臥竜荘の男の傍へ引寄せて考えてみた。

しかし、岐部の考えは、川沿いの道を歩いているうちに、しだいに、臥竜荘の男の話の中に出てきた皮膚炎の夫人の方に移って行った。

夫人の心に動揺を起させたもの、不安定にしたもの。夫人と良人との関係。それはどういうものだろう。岐部はさまざまの場合を想像しはじめた。

まず考えられるのは、夫人にとってその結婚が呪わしいものである場合だ。良人が耐え難いほど退屈な存在であるか、あるいは、手のつけられぬ放蕩者でいつも夫人が被害者であるか。呪わしい結婚、といっても、いろいろの場合が考えられる。

あるいは、と、岐部の脳裏に一つの光景が浮び上ってきた。

気が付くと、岐部は駅前商店街を歩いていた。彼は、タバコを買い、再び、脳裏に浮び上った光景の中に溺れ込んだ。

夫人に、若い愛人ができた。彼が夫人を抱き寄せる。彼女はしなやかな優しい指で、彼の頭髪を、耳朶を、愛撫する。その時、夫人の結婚指輪に嵌め込まれたダイヤモンドが、彼の眼の傍で燦(きら)めく。

彼が夫人を抱き寄せる。彼女の滑らかな肩を、白い咽喉を、愛撫する。逞しい両方の掌で、夫人の小さい手を包み込んで、愛撫する。その時、彼の掌に夫人の結婚指輪の石が、硬く鋭く喰い込んでくる。

彼は、その結婚指輪を、夫人の良人を思い出させる品物を、疎ましくおもう。自分の傍にいる間は、その指輪を抜き去って置くことを、彼は夫人に要求する。

彼女自身も、その指輪が眼ざわりになっている。彼の傍にいる時、彼女はその指輪を眼に触れぬ場所に隠して置く。しかし、それをいつまでも外したままでいることはできない。やがて、指輪は夫人の心を動揺させる存在になってくる。

夫人は信心深い心の持主で、その指輪が罪の意識を呼び起すキッカケになるのかもしれない。あるいは、夫人は小心な女性で、情事が露見する恐怖を、その指輪が呼び起すのかもしれない。あるいは、夫人は貞淑な心を持っていながら……。岐部の空想は、さまざまの方向に拡がって行きかかった。

「やあ、君。お帰りなさい」

その声で、岐部の空想は断ち切られた。気が付くと、丁度臥竜荘の前に通りかかっていた。例の男が、窓から首を出して、にやにや笑っていた。

「どうです。ダイヤモンドの夫人とそのご亭主の関係は分りましたか」

その男の言葉づかいは、妙に丁寧になっていた。そして、岐部の心を見透かすような笑い顔。岐部は、しだいに腹立たしくなってきた。

「余計なお世話だよ。君」

「ははあ、やっぱり、そのことを考えていましたな。それで、結論は、どういう具合になりましたかな」

「結論はまだ出ない」

　うっかり釣り込まれて、岐部は一層いまいましい心持になった。

「君。余計なお世話というものだ」

「怒らないでくださいよ。君だけを、私はたよりにしているのですからね」

「たよりにされる理由は、何もありはしない」

「私はね、女の子をゼンソクの治療薬にするのは、やめました。襲いかかるという姿勢で、精神を緊張させて、バランスを取り戻そうという方法は、これは一時抑えの薬になるにすぎませんからね。いつまでもその姿勢を取りつづけてはおられない。襲いかかってしまえば、また新しい目標を見付けなければならない」

「それで、僕に襲いかかろう、というわけなのか」

「そういえば、いま、ちょっとそういう具合ですね。道理で、私の気管の調子が良い。しかし、違います。私はあなたに、私のアレルギーをそっくり進呈しようと思っているわけです」

「そんなものは、貰いたくない」

「私としては、ぜひ差上げたい」

「いらない」

「いいですか、あなたにアレルギー症状が現われたときには、私のゼンソクは治っているということになりますよ」

と、臥竜荘の男は、真剣な調子で、呪文を投げかけるように、そう言った。


その後、岐部の健康状態には変化は起らなかった。そして、以前のように、夕方に部屋を出て赤堀のいる編集室に寄り、少女のいるてんぷら屋を訪れる、ということを繰返しはじめた。もっとも、彼の外出は、頻繁には行われなかった。むしろ、以前より間遠になる傾向があった。それは、彼の退職金が残り少なくなってきたためにもよる。しかし、それよりも、少女に対する彼自身の愛着が、はっきり彼の意識に上ってしまったことが、一層大きな原因となっていた。少女に対する愛着は、彼の態度をギゴチなくさせた。てんぷら屋の入口の戸に手をかけるとき、岐部の胸はしめつけられるようになり、一瞬、戸を引き開けることを烈しくためらう気持が突上げてくる。

そういう時、岐部は自分の三十歳という年齢を思い出す。そして滑稽な、自嘲する心持が、掠め過ぎる。と同時に、久しく訪れてこなかったこういう感情、肉体以外の部分が女性によって刺戟されている状況を、ひそかに愉しんでいる自分自身にも、岐部は気付いていた。

岐部は、一人で少女の店を訪れるときのギゴチなさに耐えられず、なるべく赤堀を誘うこと

にしていた。赤堀はにがい笑いをみせて、

「またか、同じことばかり繰返して、よく倦きないな。君が奢るんだぞ、退職金はまだ残っているのか」

と、言いながら、同行した。

「そろそろ、仕事を探した方がよくないか。もっとも、あわてても仕方がないがね。いざとなれば、ニコヨンでもやって食いつなげばいい。知識人ニコヨンという制度もある。俺のところの社が景気を持ち直せば、手伝ってくれてもいい」

とも言った。

ある日、岐部が赤堀の社を訪れると、松井が一人だけ隅の机に向っていた。松井は、椅子ごと向きを変えると、

「やあ、いらっしゃい。赤堀さんは仕事で外出です、今日はもう帰ってこないでしょう。ところで、今日もてんぷら屋通いですか、熱心なことですねえ。いやいや、若い方たちの仲の良いのは、見ていて気持のよいものです。今日は、わたしがお伴しましょうか。わたしも仲間入りさせてください、わたしは以前、画を描いていたのです」

と、この年齢不詳の男は、熱っぽい眼付きになって、岐部に話しかけた。

「そうですね、一緒に行きましょうか」

岐部は、少女の店でのギゴチなさを誤魔化すためには、松井でもかまわぬから同行してもらいたい気持になっていた。

「行きましょう、行きましょう」

と、松井はいそいでその言葉をくりかえし、ふと思い付いたように、机の上に積み重ねてある雑誌のうちの一冊を抜き出した。彼は机の上にその雑誌を開き、虫眼鏡を眼に当てて眺めながら、岐部に話しかけた。

「しかしねえ、この女の子はどうも何となくへんなんだがねえ。やはり、好きずきというものなんでしょうね」

岐部は松井の眺めているものが何か分っていた。開かれた雑誌の頁の上には、あの少女の豆粒ほどの大きさの裸体が、いっぱいに散らばっている筈だ。軀をLの字型に、さらに深くVの字型に折り曲げたり、軀全体をまるくまるめたりした、少女のさまざまの裸体。そのうちのどれか一つが、いま、松井の指の間に挿まれた虫眼鏡の中で、拡大されているのだ。

松井は、虫眼鏡を持った手を岐部の方に差出すと、

「どうです、覗いてみませんか」

と言った。岐部は、虫眼鏡を持った松井を、はげしく憎んでいる自分に気付いた。しかし、松井の表情を見て、岐部は戸惑った。虫眼鏡を渡すことが、岐部にたいするサービスと考えて

いる表情が、松井の顔にあらわれていたからである。

「さあさあ、どうです」

「いや、いりません」

岐部は、あいまいな調子で答えた。

「いらない？　クドこうとする女性のことは、よく検分して置くものですよ」

その言葉で、松井の表情の意味が分った岐部は、うっとうしい心持になった。そのように思い込んでいる松井と少女の店に同行した場合、自分のギゴチなさが一層甚だしくなりそうに思ったからだ。

松井は椅子から立上って、

「さあ、お伴しましょう」

と、岐部を促した。

岐部が安堵したことには、少女の店で、松井はまず酒に気を取られてしまった。松井は自分の前に並べられた盃とツキダシの器と箸置との三つの品物の位置を、あちこちと幾度も並べ変えた。その間、ずっと舌打ちするような小さな音を立てつづけた。岐部は訝しくおもい、松井の横顔を見た。そして、その音には、舌なめずりする心持が現われていることが分った。

松井は、盃を頂点にして、三つの品物を正三角形に並べ終ると、

「酒を飲むのは、まったく久しぶりです」

と言った。岐部が返事に窮していると、

「なにしろ会社があんな具合でしょう。家内は年中ぶつぶつ言うし、なかなか酒にまで手がまわりません」

「会社の方は、幾分良いような話じゃありませんか」

「赤堀さんが、そう言いましたか。まあ、どうやら赤字が出ない程度にはなったようです」

と、松井は問われもしないうちに、会社の内部のことを説明しはじめた。赤堀はともかくや、りてだ。彼がいるから、雑誌が出ているようなものだ。何でもかでも、がむしゃらにやってしまう。なにしろ、編集をしているのは、自分と赤堀の二人だけしかいない。自分の方は、とかく立止って内省的になってしまうから、雑誌が出ているのは赤堀の力に負うところが大きい。

「もっとも、雑誌といっても、お粗末なエロ雑誌ですが。ご存知のように」

松井はしだいに雄弁になってきた。酒を飲みながら、会社のことを批判的に喋ることが、ひどく愉しそうだった。そのことに松井が気を取られているのは、岐部には、有難いことだ。

少女が近寄ってきて、岐部にささやいた。

「優勝大会に出ることになったわ」

「それはよかった。前祝いをしなくてはいけないね」

反射的に答えたので、その誘いの言葉は、気軽に岐部の口から出た。

「あら、ほんとう。明日は定休日だわ。どこへ連れて行ってくれるの」

岐部は戸惑った。自分と少女との間柄では、何処へ何をしに行くのがふさわしいのか、咄嗟に定めかねた。都会のさまざまな場所を、岐部は手探りしようとしたとき、不意にぽっかり浮び上ってきた風景があった。アセチレンガスのにおい、アメ細工の屋台、割箸のまわりに膨れあがった桃色の綿菓子、あれは何処であったか。山田という老人と一緒に、ゴム製品を売りに行った時。あの時、老人と大きな川に沿った細長い公園を抜けて、いや、公園の端の茶店でダンゴを食った。老人の長い話の合間に、どういうものか、少女の顔がしばしば覗いたものだ。夕焼がひどく赤かった。

「ダンゴでも食べにゆこうか」

「あら、ダンゴ。あまりロマンチックじゃないわね」

少女の応答の軽い調子が、酒場での客と女給とのやりとりに似た調子が、岐部の心を痛くした。一方、松井は盃の酒を含みながら、

「ほっほ、岐部さん、ダンゴを食いにゆこうなんて。ずいぶんとぼけたことをおっしゃる」

と、愉しそうに笑いつづけた。

大きな川に沿った細長い公園の茶店で、少女と向い合っている机の上にダンゴが置かれたとき、岐部はうっとうしい気分に陥った。三十歳の男が、愛情を抱いている少女と二人だけになる時間を持ったとき、向い合ってダンゴを食べている。その無器用さに、初めのうちは岐部は面白味を見出そうとしていたが、しだいに腹立たしい気持になっていった。

「酒を飲みに行こうか」

「あら、まだ明るいのに」

茶店の前に、一本の巨きな樹があって、屋根に覆いかぶさるほど枝を拡げていた。その沢山の葉の間を洩れて、陽光が斑に降りそそいできていた。

「ダンゴなんか、つまらん」

岐部と少女は、川に沿って片側町を歩いて行った。岐部は、その町並に眼をそそいで、酒を飲ます店を探していた。最初に眼についたのは、二階家のうなぎ屋だった。

岐部は、遮断された畳の部屋に少女を誘うことに、ためらいを覚えた。その気持を押切って、少女を誘った。

「うなぎ屋で飲むのは、厭だなあ。だって、てんぷらとうなぎは食べ合せでしょう」

と、少女が悪戯っぽく反対した。ためらいながら誘いの言葉を出したために、岐部の心は動揺していた。彼は少女の反対する言葉を、まともに受取ってしまった。

「違う。あれは、うなぎとウメボシだ」

「うなぎとてんぷらよ」

「いや、ウメボシだ」

「てんぷらよ」

岐部は、真剣な調子で言った。

「それじゃ、どうしても厭なのですか」

訝しそうに、少女は岐部の顔を見た。

「あら岐部さん、どうかしているわ。冗談で言っているのに」

岐部は烈しく眼ばたきし、ひるんだような笑いが顔に浮んだ。

「まったく、どうかしていたな」

少女の顔に、落着きはらった、年増女のような笑いが、ゆっくり拡がっていった。その笑いを、岐部は苛立たしい心持で眺めた。自分の年齢と少女の年齢とが、しだいに入れ替ってゆくように思えた。

うなぎ屋の座敷に横坐りになって、盃の酒を含んでいる少女の姿態を、岐部は眺めていた。彼女は落着きはらってみえた。人生を長い間生きてきて、さまざまの機微を知り尽している女のように見えた。中年女に似た動きを示すことのある少女の心と未成熟な顔や骨格との落差が、今までは岐部の心を揺すぶることがあった。しかし、いま彼の眼の前の女から、その落差は消え失せてしまっているように思えた。

岐部はもう一度、少女の姿を眺めた。そういえば、ノド自慢大会が優勝戦に近づくに従って、少女の服装は一層ハデになり、その態度は落着いてきたようだ。いまも、少女は半透明の白い、大きな耳飾りを吊し、それと対になっている大きな腕輪を手首に嵌めていた。

岐部は苛立っていた。少女の落着きを剝ぎ取ってやりたい、自分のギゴチなさも打ち毀したい、と思った。

「君のその耳飾り、似合わないな」

「そうかしら」

と、少女は微笑しながら答えた。

「その腕輪も似合わないな。さらしくじら、みたいだぜ」

「さらしくじら？」

「一ぱい飲み屋のつき出しに、あるじゃないか。白くてちぢれて、海綿を薄く切ったようなやつ。上に味噌が載っかっている」

「まあ、ひどい。それじゃ、はずしましょうね」

少女は両手の指を使って、耳飾りを一つずつ耳朶から離し、ビーズの手提げの中に蔵めた。

手を動かす度に、数珠つなぎになっている腕輪の白い細片が互いに触れ合って、カチカチ硬い音を発した。

「腕輪も」

「はいはい」

素直に、少女は腕輪をはずしはじめた。甘えて無理を言う子供を取扱っている態度に似ていた。岐部は、一層苛立った。少女に襲いかかり、抱きすくめて接吻してみたら、と思った。しかし、そうしたところで、少女の態度は崩れそうに思えなかった。かえって、手痛い傷を受けそうだった。

少女は左手の腕輪を抜き去ろうとして、ふと手首の裏側に眼を留めた。

「こんなところにホクロがあったかしら。きっと新しくできたんだわ」

と呟くと、岐部に話しかけた。

「あたしの右の腕には、一つもホクロがないのに、左腕には十三もあるの。一つ新しいのが増えたから、合計十四になったわけ」

少女は左の腕を、あちこちに捩(ねじ)り曲げて、その十四箇のホクロの所在を一つ一つ、岐部に示した。岐部は、そのホクロの三つ四つを、そっと指先でおさえてみた。下宿部屋で少女の傘をひろげ、あちこちにある修復箇所を、指先で慈しむように一つ一つ抑えた夜のことを、岐部は思い出した。

岐部は少女を抱きすくめ、接吻したい、と思った。彼は少女の唇を見た。その唇は真紅に、輪郭からはみ出しそうに塗られていた。その唇を見詰めていることができなかった。視線を落すと、少女の頸筋のホクロが一つ、眼に映った。それは、少女の肌にしがみついている、小さなやさしい、そのくせ強靭な生きもののように、岐部の眼に映った。

「その頸のところのホクロに、ちょっと接吻してみたいな」

岐部は無器用に背を跼めて、その小さなホクロに唇を押し当てた。

その時、思いがけぬことが起った。岐部は両腕で大きなそしてギゴチない輪を作り、その中に少女を入れていた。岐部は、相変らず、自分のギゴチなさに、苦笑し、同時に腹を立てていた。ところが、彼の腕の輪の中にある少女の軀に、怯えた気配が通り抜けた。その気配はすぐに消え、少女の軀はこわばり緊張した。その気配があまりに甚だしかったので、岐部は怪しんで少女の顔を覗いた。

少女の顔には、狼狽の色が現われていた。紅く一斉に血が昇っていた。紅く塗った唇が外側にめくれ上っていた。それまでの年増女に似た表情は拭い去られ、初心な子供染みた表情が露わになっていた。

少女は顔を仰向け、喘ぐように唇を軽く開けていた。混乱した心持で、岐部はその表情を眺めた。彼は少女のこのような表情を、全く予想していなかった。それは、欲情した女性が接吻を待っている様子とは、明らかに違っていた。少女の老成した心のくばり方や、時折のぞかせる疲労に澱んだ表情などのために盲点に入っていたことだが、彼女が男というものの腕に抱かれたのは、初めてのことだったにちがいない。

少女の唇は、軽く開いて喘いでいた。少女は、岐部の腕の中で、狼狽し動揺していた。それと同時に、その唇は、接吻を待ち望んでいた。新しい経験を待ち望んで、喘いでいた。特定の対象への愛情のために、喘いでいるのではあるまい、と岐部は考えた。そして、そのように用心深い考え方をしてしまう自分を不幸におもいながら、彼は濃く紅の塗られた唇を、自分の唇で覆った。

岐部の腕の中で、少女の軀が不安定に揺れた。軀のあちこちの関節が、つぎつぎに脱臼してゆくように揺れた。少女の唇は、かたく閉ざされたまま、強く岐部の唇を圧しつづけた。一方、少女の軀からはしだいに力が抜けて、岐部の腕の輪からずり落ちそうになった。

岐部は腕を解いた。彼は思いがけない成行きに、戸惑い、面映い心持になっていた。彼はポケットを探ってハンカチを取出し、強く唇を拭った。口紅が、鮮やかな色で、その白いハンカチに残った。

彼は半ば無意識に、そのハンカチを少女の眼の前に突きつけた。彼女の接吻の確証のように、白い布の上に、斜めに長く尾を引いて、赤い紅の色がしるされてあった。

「厭」

少女は、虐められたような表情を見せて、顔をその布片から背向けた。


その日以降、岐部は少女の姿を見ることができなくなってしまった。いや、そう言うと語弊がある。色と匂いのある、生身の少女の姿を見ることができなくなったのである。大きな川の傍で少女に会ってから数日後、岐部は例によって逡巡したあげくにてんぷら屋を訪れた。

店の中には、少女の姿は見えなかった。岐部はしばらく酒を飲みつづけた。酔いが全身にゆるやかに拡がってゆくのを感じ取ると、彼はその酔いのひろがりの上に言葉を載せて、軀の外へ押し出した。

「エイちゃんが見えないね」

さりげない調子で、言ったつもりだった。てんぷら屋の主人は、げじげじ眉の下から岐部を見詰めて、

「当分、見えませんよ」

「……」

「そのかわり、テレビで見てやってください」

「おや、ノド自慢大会で優勝したのか。そりゃ、よかったな」

岐部は、よろこばしそうに笑ってみた。

主人は笑わない。

「いまが大切な時ですからね。せいぜい勉強しなくちゃならん時ですから、知り合いの歌の先生の家へ預けました」

「その家、何処」

その質問が岐部の口から出るまでに、しばらく会話が跡切れた。その言葉は、幾度も彼の咽喉につっかかって、出て行った。

主人は返事をしない。そして、長い箸を器用に扱って、揚げたてのアナゴのてんぷらを、さっと岐部の前の皿に置いた。

岐部が気持を立て直し、背筋を伸ばして、もう一度同じ質問を発しようとした瞬間、主人の腕が動いて、皿の上にもう一つのてんぷらがさっと載せられた。岐部が口から出そうとした言葉は、そのまま彼の内で萎えていった。

この数ヵ月、岐部の行動範囲を形づくっていた三つの地点、彼の下宿部屋、陽光社編集室、少女のいるてんぷら屋のうち、最後の地点が欠けることになった。

そして、そのかわりに新しい場所ができた。陽光社編集室の真向いに在る喫茶店がそれで、一週間に二回、岐部はその店の椅子に坐ってテレビを見るのである。

午後十二時四十五分になると、岐部はテレビの前の椅子に腰掛けていた。

少女の姿が画面に現われるのは、短い時間だった。トラップトロップ製菓会社提供の番組がはじまる前に、その会社のコマーシャル・ソングを歌うのが、少女の役目なのだ。

トラップトロップ
ドロップ　ドーナッツ
すてきな
クッキー
チョコレート……etc

という、たわいのないコマーシャル・ソングを、彼女は甘えた甘い調子で歌うのである。それは、まるで頰ばったチョコレートが柔らかく溶けて、とろとろと喉の奥へ流れ下って行っているような、甘い甘えた調子だった。少女がノド自慢大会に優勝したのは、この調子がスポンサーの製品の性格とうまく合致したためにちがいない、と岐部は推察した。

少女のそういう調子は、少女の作戦であったのだろうか。少女自身の計算によって作られたものなのだろうか。岐部が少女と会っていた時には、殆ど現われていなかったものである。岐部は、したたかなものを感じていた。少女の疲れた澱んだ表情の底に時折現われる、思いがけず堅固な線を、彼は思い出していた。

しかし、少女のそういう要素は、岐部に嫌悪の念を起させはしない。そういうもので鎧わなくてはならなかった、少女の困難に満ちた人生のことに、彼は思いを致す。そして、結局、それは少女にたいしての愛憐の情に繋がってゆく。

岐部には、少女の住所が分らない。あるいは、前と同じく、あのてんぷら屋の二階の小さな部屋に住んでいるのかもしれない、とも彼は考えるが、それも不分明なことだ。だが、現在は、少女は確実にこのテレビ放送局のスタジオに居る。この時刻に、その放送局の入口に佇んでいれば、少女を捉えることができる。しかし、岐部は結局、その時刻には喫茶店の椅子に坐ったままでいる。少女は、岐部の下宿部屋の住所を知らないにしても、赤堀の編集室の住所は知っている筈だ。連絡を取ろうとおもえば、取れる立場にある。そういう少女から何の音信も無いことが、彼を逡巡させ、喫茶店の椅子に坐ったままにさせてしまう。

彼の椅子の正面にあるテレビの画面では、少女が歌いつづけている。

沢山の競争者の中から選ばれただけあって、歌そのものも上手だった。場馴れしていないためにに、軀を硬くしている様子や、手の置き場に困っている様子などが、かえって好ましい効果となっていた。

「なかなかいいじゃないか。初心なところがいい」

岐部の椅子の傍に立って、画面を眺めていた赤堀が、そう言った。

「初心な調子といえるかな。甘ったるい、作った声じゃないか」

と、岐部はわざと反対してみた。

「懸命になって、甘ったるく作っている。そこが初心で、また、いじらしく可憐なところだ。おや、これは君の言う筈の科白じゃないか」

と、赤堀は機嫌のよい声で笑った。赤堀が新しい方針を立てた雑誌が黒字を出すようになって、彼は元気付いていていた。赤堀は笑いを収めると、にわかに鋭い眼つきになって、画面の少女を眺めた。それは、新しい雑誌の頁を指先で繰りながら、その売行きの具合を予想している眼付きに似ていた。

「まず、成功だ。しかし、場馴れしはじめたときが、こわい」

と、赤堀は呟いた。

「どうして」

岐部が、聞き咎めた。

「説明しようか。彼女が成功しているのは、愛嬌のある、大きな頭をした、甘ったるい声でコマーシャル・ソングを歌う、製菓会社の宣伝人形としてだ。場馴れしていなくて、軀のこなしがギゴチないだろう。あれが、小さな軀にちょこんと載っかった大きな頭とうまくマッチして、ゼンマイ仕掛の人形みたいな効果となっている。偶然の効果さ。本人はもちろん分っていない、会社の方も分っていないだろうな。あの会社の新聞広告の意匠を知っている、ぶざまなものだ。そういうことには気付きそうにもないな。だから一層、危険だ。そのうち、場馴れしはじめる。軀のこなしが、やわらかくなる。そうすると、ゼンマイ仕掛ではなくなってしまう。人間くさくなってくる。そうなると、困る。バランスの取れないことや、グロテスクな点は、人形の場合には面白い味になる、愛嬌になる。だが、人間として見れば、これは困ったことになる。君、あの子に会って助言してやれ。場馴れして余裕ができたら、その余裕をそのまま見せないで、人形の演技に振り向けろ、と言ってやれ。それが親切というものだぞ」

一週間に二回、岐部は午前中に下宿部屋を出て、川に沿った道を歩き、電車を乗換えて、陽光社編集室のある町へ行く。そしてそこの喫茶店の椅子に坐る。その他の日は、部屋に蟄居していた。

この生活の形を、岐部は崩さずにつづけた。時間はたっぷりあるが、退職金は殆ど無くなってしまい、失業保険金を支給される期間も、残り少なくなった。そういうフトコロ具合にとって、この生活の形はうってつけだったが、そのためばかりではない。赤堀が少女に伝えるようにすすめた助言のことも、そのままになっていた。岐部は、むしろ頑な姿勢で、喫茶店の固い椅子の上に、少女の映像と向い合って坐りつづけた。

少女の映像は、僅かずつ変化していった。軀の堅さがしだいに消えて行き、盛夏の頃、少女の軀から以前のギゴチなさがすっかり取れてしまった。にわかに、少女は、人間くさくなったように思えた。

少女にたいしての赤堀の予言は、いつも岐部の念頭から離れなかった。

人形の形から脱け出した、あるいはずり落ちてしまった少女の映像を、岐部は凝視した。残念なことに、少女の映像は、以前とは変ってしまったようだった。赤堀の暗示にかかっているかもしれぬ、と、岐部は頭を振ってその映像を追い払い、人間としての、生身の少女を思い出してみた。しかし、一対一で向い合っているときに感じられる少女の美点は、残酷な撮影機の前では、また、色も匂いもない白と黒の画面では、別のものに替ってしまっているようだった。

宣伝人形だったときには、愛嬌となっていたアンバランスが単なる不恰好に近づき、愛くるしい表情を湛えていた顔が単なる不器量に近づいているようだった。

「とうとう、テレビに向かなくなってしまったな」

傍で、呟く声がした。赤堀が煙草をくわえて立っていた。冷たい光の浮んだ眼が、赤堀の眼窩に嵌まっていた。あの眼を、自分の眼窩に移したら、画面の少女はどのように見えるのだろう、と岐部は怯えた。と同時に、そう考えたことで、自分の愛情がそのまま留まっているのを確認した。

「辛い気持だろうな」

と、岐部が呟いた。

「なにが。君が見ていてか」

「いや、あの娘がさ。自分がテレビに向いていないことを知っているだろうからね」

赤堀は、大きな声で笑い出した。

「何を言っているんだ。そんなことに、気が付くものか。得意でいるのにきまっている。場馴れして、落着きができたとおもっているにきまっている。現に、コマーシャル・ソングの歌い手として好評だったので、他の番組にもちょくちょく顔を出せるようになっているんだからな」

「気が付いていないかなあ。だって、歌で優勝したんで、姿かたちにはもともと自信は無かっただろう」

岐部は、はじめて少女と会った時のこと、少女の裸体写真を撮影したときのことを思い出していた。

「それが不思議なところなんだ。テレビに出て好評だということが、そういう劣等感をしだいに削り落してしまうんだ。どんな利口な人間でも、呪文にかかってしまう。自分で自分を欺してしまう。ひ弱い男が、自分のひ弱さに抵抗して、勇ましい男性的な小説を書いて、それが当る、それで有名になる。やんやと喝采される。それが続いているうちに、しだいに錯覚に陥ってくる。そして、新刊のボクシング小説に、パンツ一枚の裸体写真を挿入したりする。貧弱きわまる裸体写真をね」

「そういうことも、あり得ることにはちがいないが」

「あの子の衣裳もしだいに変ってきているのに気が付いているか。だんだん、軀の線を露骨に示すようなものを着るようになってきた」

と赤堀は言い、呟くように、

「もう手遅れかな、まだ間に合うかな」

岐部は苛立った。少女から、赤堀の会社気付で、何らかの音信があることを岐部は待っていた。しかし、音信は無かった。岐部は、相変らず、喫茶店の木製の椅子に坐って、頑なに少女の映像と向い合っていた。時折、紅の色の鮮やかなハンカチーフを見たときの、少女の虐められたような、初心な表情を思い出していた。

画面の少女の変化は、それだけに止まらなかった。少女の軀が少しずつ変化しはじめたのである。

場馴れして軀のこなしが柔らかくなったこととは別の、また、少女の軀が成長し成熟してゆく変化でもなく、もっと人工的な変化が現われはじめた。

最初に、眼が大きくなり、二重瞼になったように、岐部には思われた。思われた、という曖昧な言い方をするのは、喫茶店のテレビがあまりシャープな像を結ばないからだ。

次に、それまでは決して彼女の側面が映し出されることのなかった画面に、時折、横顔が現われるようになった。その横顔は、鼻梁の線が高く真直ぐになったようにおもわれた。

残暑が薄らぎ、秋の気配が感じられはじめた頃、少女の顔全体の輪郭も変化しはじめた。それは、しだいに細おもての瓜実顔に変ってゆくようなのだ。そういう変化を、岐部は不安な気持を押し隠して眺めていた。

ある日、相変らずテレビと向い合っている岐部の傍に、暫くぶりに赤堀が腰をおろした。

「おや、すっかり顔が変ってしまったな。あちこち修整したんだな。美人型になってしまったじゃないか」

「やっぱりあの娘は気が付いていた、ということになるじゃないか」

「なにが」

「自分がテレビに向いていない、ということをさ」

「そうとは思えないね。不美人だと諦めている女は整形などしないものだ。女が整形をするのは、一層美人になろうとおもってやるんだ。しかし君、ああいうのは画面で見れば間に合っているが、傍でじかに見ると困ったものなんだぜ」

「それはあの娘も知っているにちがいない。僕は君の意見に反対だ。あの娘が気が付いていないわけがない。これからずっとテレビで働く決心をしたんだな。だから、顔も商業用の顔にしてしまう決心をしたんだよ。画面の上でだけ生きている顔さ、痛ましいじゃないか、可憐だとおもうな」

と、岐部は反駁した。

「冗談じゃないぜ。テレビでやってゆくなら、あのままでやって行けたんだ。やり方さえ間違えなければね。あの子はすっかり美人になったつもりなんだよ。どうだい、あのしなのつくりかたは」

画面では、以前の硬さがすっかり取れてしまった少女が、気取った手の動かしかた、軀の動かしかたをして歌っていた。それは、美人に似合う筈の姿態だった。

岐部は、画面の少女をあらためて眺めた。少女の姿は、胸の形、腰の形まで変ったように思えた。その部分部分を切り離して観察すると、それぞれ当節流行の誇張した形態に変化したようなのだが、全体を眺めると、そのために反って奇怪なアンバランスができ上っていた。それは、以前の魅力あるアンバランスではなく、不自然な、岐部にとっては眼を閉じていたいようなアンバランスなのだ。

そして、さらに厄介なことには、岐部がそういう風に感じているにもかかわらず、彼の心の中から少女を可憐におもう気持が抜け出して行かない。

数週間後の午後十二時四十五分、喫茶店の椅子に坐っている岐部の傍に、赤堀が立っていた。その時、恐ろしい情景が、テレビの画面に映し出された。この日、少女はトレアドル・パンツ姿で登場したのである。

岐部は、たじろいだ。少女の脚はガニ股ではない。形の整った真直ぐな脚だ。ただ、それが異常に短い。脚にぴったり貼りついたトレアドル・パンツがその形を露わに示している。そして、その上に、いわゆる美人型に近づいた大きな顔が載っている。以前のままの少女がその服装で登場したならば、たとえ滑稽な姿といわれるにしても、愛嬌のある道化た感じを与えたであろう。汚れた水をたっぷり含んだ雑巾を心臓のまわりに巻きつけられたような心持に、岐部が陥ることはなかったにちがいない。

「困ったな、これは」

赤堀が、いつになく真面目な声で、そう言った。

「やけくそだね」

「そうだろう、さすがの岐部君も、やけくそになるだろうな」

「違う。僕のことじゃない。あの娘のことを言っているのだ」

と、岐部は、少女がこういう服装で登場したことについての、彼自身の解釈を赤堀に話した。

彼女は、ノド自慢大会に優勝した。つまり、歌によって優勝したのだが、その大会の規定によりテレビに出ることになった。彼女は、自分の姿態のことを十分に承知している。いや、そのアンバランスが逆に魅力となり得ることには気付いていない。そこで、少しでも標準の形に近付こうとして、痛ましい努力を重ねる。しかし、その努力は反って反対の結果を呼び寄せるばかりである。ついに、彼女は自暴自棄になる。自分の欠点を、露わな形でさらけ出してしまいたい発作に捉えられたのだ。

赤堀は、岐部の解釈を一笑に付した。

「そんなことじゃないね、得意なんだよ、君。スタアになったつもりなんだ。劣等感がこぼれ落ちてしまったんだ。マスコミに乗るということはこわいことだ、といいたいが、実際にはあの娘はただテレビでコマーシャル・ソングを歌っているだけなんだからね。頭にきちゃったんだね」

「それは違う」

「違わないよ。たとえていえば、ジーキル博士の姿のつもりでいるハイド氏といったところだね」

岐部は、映画に登場するハイド氏を思い出した。絵に描いた悪魔のような大型の猿のような邪悪で畸型の姿である。しかし、ハイド氏の醜怪な外貌は、魂の邪悪さを分りやすい方法で現わしたものだ。

「君、ハイドというのは言葉の使い方が間違っているよ。容貌は、心とは無関係なんだからね」

「通俗の意味の美醜なら、そう言えるさ。しかしね、テレビ画面においての美醜となると、話は別だ。不美人が美人のつもりで、つまり粗悪品が優秀な商品のつもりでいるということは、これは商業上のモラルに反するじゃないか」

「ちがう、あの娘はそんなつもりじゃない」

「ちがわない、ハイド氏だよ」

赤堀は、落着きはらって言った。痛ましい気持が、可憐におもう気持が、岐部の心で渦巻いた。

「もしハイド氏だったとしても、僕がハイドの分を引受ける。僕が身替りにハイドになってやる」

「そんな軽率なことを口走っていいのか。だいたい、君が引受けるって、どういう具合に引受けるのだ」

と、赤堀が笑いながら、言った。

画面では、トレアドル・パンツ姿の少女が、甘えた甘い調子で歌いつづけていた。

トラップトロップ

ドロップ　ドーナッツ

すてきな……

岐部は画面に眼を向けていなかった。彼は耳だけで、その歌声を受止めていた。幾分平常心を取りもどした彼の耳に、甘えた甘い歌声が流れ込んでくる。不意に、その歌声が彼の耳の壁で軋んだ音をたてた。岐部は固い椅子の上で、軀を捩じ曲げるように大きく身じろぎした。いろいろの疑問が、彼に取りついてきた。ハイドの分を引受ける。身替りになってやる、と自分は叫んだが、それは本音なのか。あるいは、赤堀との言葉のやりとりの行きがかりで、そういう言葉が口から出てしまったのか。もし本音とすると、何故それほどまでに少女に捉えられてしまったのか。それならば何故、木の椅子から立ち上って、無理矢理にでも少女に会いに行こうとしないのか。何故、少女の映像と向い合って頑な姿勢で坐りつづけていようとするのか。何かを待っているのか。あの甘えた甘い歌声は、いったい少女のどういう部分から出てきているのだろうか。そして、赤堀の言うように、少女は変ってしまったのだろうか。

少女に会わなくてはならない。会って、現在の少女を眺めてみる必要がある。岐部は、椅子から立上った。その時、てんぷら屋の主人のいかつい手が器用に箸を扱っている形が岐部の眼に浮んだ。その手は、彼の前に大きく立ちはだかった。彼の心は萎えて行く。何故、そのくらいのことで、心が萎えてしまうのか。自分はもっと烈しい傾斜で、少女の方へのめり込んで行っているのではないだろうか。

岐部は喫茶店を出て、歩きはじめた。しかし、彼の足は陽光社の裏側の町へは向わずに、結局、一時間後には、彼はどぶ川に沿った道を下宿部屋へ歩いていた。

湿った土地に、相変らず臥竜荘はうずくまっていた。秋の初めの季節で、その建物の窓はあちこち開いていた。道に沿った一つの窓も、黒い穴のように開いていた。その穴の奥に、例のゼンソクの男が潜んでいる。この数十日の間、岐部はその窓の前を黙って通り抜けていた。自分のアレルギーを岐部の軀に移住させるということを呪文のように投げかけてきたあの男と話をかわすことが、煩わしい心持で、岐部はいつもその窓の前を黙って通り過ぎていた。その時、岐部はしばしば自分が息をひそめた姿勢になっていることに気付いて、不快な腹立たしい気持になった。

その日、岐部はその黒い穴のように開いている窓の中を、覗き込みたい衝動に捉えられた。いや、いつも、その窓が開いている時には、その衝動が彼を襲っていた。そのために、彼は息をひそめる姿勢になって通り過ぎていたのだ。

岐部は立止って、そっと窓の中へ視線を向けた。その瞬間、部屋の中で寝そべっていた男が跳ね起きた。

「やあ、君か。君にちがいないとおもった」

臥竜荘の男は、いそいで窓の傍へ寄ってきた。岐部はただ、そっと部屋の中へ視線を向けただけなのだ。しかし、岐部はまるで自分が竹竿を突込んで、部屋の中をかきまわしたような、あわただしい、落着かぬ気分になった。

「ところで君、君のレンアイは、その後どうですか。うまくいっていますか。まだ揺りもどしは来ませんか」

岐部は、相手の質問を黙殺しようと思った。返事をせずに、その窓の傍から離れて、歩き出してしまえばよいのだ。しかし、彼の軀は窓の傍に貼りついてしまって、引き剝がすことができない。

「どうです、揺りもどしはきませんかね」

釣られて、岐部はおもわず返事をしてしまった。

「揺りもどし、というのはどういう意味ですか。他人を愛してしまえば、いろいろ気持が動揺することがあるのは当然のことでしょう」

「そういう動揺なら、いいのですよ。いくら揺れ動くにしても、結局、気持が相手に向って集中しようとしている。それならば、害はない。そのうちに、ふと立止ることが起る。相手に向って集中しようとする気持が、うまく焦点を結ばなくなる。へんな具合に屈折して、空まわりしたりする。イライラして、不安定に揺れ動く。こういう時が危険だ。どうですか、そういう徴候はありませんかね」

「…………」

「もしそうだとすると、これは、私のアレルギーを進呈するのに、絶好の機会なんだが。どうですか、君」

喫茶店の椅子の上に坐っている時から、うまく整理のつかなかった少女に対する気持が、いま岐部の中で一つの形を持とうとしている。それも、この臥竜荘の男の言葉どおりの輪郭にかたまろうとしている。そのことを知って、岐部は屈辱を覚えた。不意に、岐部の脳裏に一つの情景が浮び上った。ゴム製品を口にあてがった自分が、その中に息を吹き込んでいる。ゴム製品は、自分の顔の前で、どんどん膨れ上る。ゴム風船のように大きく膨れ上る。その姿勢を取ることを、自分は拒絶できなかった。しかし、その時には、自分が屈辱的な姿勢を取っていることにたいして、幾分の余裕のある心持でいることができた。他人の代理で、その姿勢を取る羽目に陥った、という救い道を見付けることができた。しかし、いま、臥竜荘の窓際で、岐部はやりきれぬ屈辱を覚えた。

「つまらない男なのに」

と、岐部は心の中で、臥竜荘の男に向って呟いた。自分の心は、膨れ上ったゴム風船のようになっている。少女の影像がいっぱいに詰め込まれて、膨れ上っている。いまにも破れそうな薄い膜になっている。どんなに鈍い刃先に触れられても、破裂してしまう状態になっている。そう考えることによって、彼は心を立て直し、

「わけのわからぬ男なのに」

と、もう一度、心の中で呟いて、その男の顔を眺めた。臥竜荘の男の顔は、その日、円くふくらんだ形になっていて、奇妙に滑らかな、滑らか過ぎて火傷の痕をおもわせる皮膚になっていた。眼の大きさが、左右、目立って違っていた。この前会った時には、その顔は奇妙に細長くなり、眼が大きくなり、皮膚がカサカサに乾いていた。表皮があちこち剝離しそうになるほど乾いていた。おそらく、昨日と今日とでも、違った顔になっているのであろう。そして、お

そらくそれは、男のかかえ込んでいるアレルギー症状が皮膚に現われているためなのであろう。

「そんなものを進呈されるのは、まっぴらだ」

と、岐部は呟いた。しかし、もしその男の言うように、彼のアレルギーが岐部に移住してしまったら、その男の生きている日々は、空白になってしまうのではないだろうか。その男の顔がいつも滑らかな皮膚に覆われているようになってしまい、顔の形がいつも一定しているようになってしまった時には、彼の眼窩にはどんよりした光をよどませた眼球しか入っていないことになるのではないか。

「しかし、それは他人に進呈しないで大事にとっておいた方がいいのじゃないか。それを移住させると、あとに残った君は、がらんどうになってしまう」

と、岐部は口に出して言ってみた。

「がらんどう、だって」

その男に、あいまいな表情が浮んだ。そのあいまいな表情はしばらくそのまま留まっていた。

「そうだ、君に話したいことがあるのを思い出した」

と、不意にその男は言った。

「音楽でゼンソクの発作を起すという話を、いつか君がしただろう。それについての資料を、最近手に入れた。君の話の中の人物は、男か女か、どちらだろうか」

「女だ」

「僕の話は、男なんだが。ベートーベンの交響曲の第何番だか忘れたが、とにかくその音楽が聞えてくると、その男に発作が起ってくるのだ」

その男の眼が輝きはじめた。乾いた皮膚に幾分潤いが生じ、顔がすこし長くなった。

岐部は、その男の変化を眺めていた。音楽で発作を起した赤いセーターの女を、その男の傍へ引寄せて考えたのは、思いすごしだったかな、と思った。岐部は窓の内側へ視線を向けて、部屋の中に女の住んでいる気配を探ろうとした。しかし、その部屋には、どす黒い空気の下に茶色い畳のひろがりがあるだけのようだった。

臥竜荘の男は、資料の中の発作を、愉しそうに説明しつづけていた。その男の発作を、バッハでもブラームスでも、惹き起すことはできない。ベートーベンの他の曲目によっても、その発作は起らない。ただ、交響曲第何番かに限るのだ、と彼は説明した。

「どうしてだろう、音の組合せの形が、神経の平衡を崩すのだろうか」

と、岐部は、またしてもその話題の中に誘い込まれて行った。

「俺はそうは思わないな。その男の神経のバランスが決定的に崩れるような事柄が起ったときに、丁度、その曲が聞えてきていたのにちがいない」

その男の言葉づかいから、不意に丁寧さが消えてしまった。いままでの、神経をイライラさせる必要以上に丁寧な言葉づかいが消え、断定する調子に変った。

「ダイヤモンドの指輪の話を覚えているだろう。ダイヤモンドにカブレるわけじゃない。ダイヤモンドの指輪が、イライラさせ、不安定にさせ、平衡を失わせる。それと同じように、ベートーベンが、イライラさせ不安定にさせるわけだ。ベートーベンが危険な記憶を誘い出すわけだ。その記憶の内容については、君が考えてくれたまえ」

「そんなことを考える必要はない」

「ダイヤモンドの指輪のときには、くわしく考えたじゃないか」

岐部の耳の中で、一つの曲が鳴りはじめた。トラップトロップ、ドロップ、ドーナッツ。甘えた甘ったるい声が響いてくる。少女の映像が、気取った手の動かし方、軀のくねらせ方をしている。そして、あのトレアドル・パンツにぴったり覆われた少女の下半身が、彼の眼の前に浮び上ってきた。軀の線を露わに浮び上らせているその衣裳は、精一杯引張り上げられて、少女の下半身に貼り付いていた。従ってその布片は、両腿の合せ目の奥の方までめり込んでいる。トレアドル・パンツをそういう具合に穿くということは、何を意味しているのだろうか。

「いい考えが浮んできたかな」

男の声で、岐部はわれに返った。臥竜荘の窓の外側に立ったまま、少女に関しての考えごとの中に引きずり込まれている自分に、岐部は気付いた。

「顔色がよくないね」

「そんなことはない」

「どうやら、俺のアレルギーを進呈する受入れ態勢が整いはじめたのじゃないか」

「そんなことはない」

「遠慮しなくてもいいのですよ」

岐部は相手の顔を見た。嘲弄する口調にもかかわらず、その男の眼は真剣な光をもっていた。それは、アレルギーの苦痛から脱れ出すことに関して真剣なためなのか。あるいは、自分のアレルギーを他の男に移住させることに、おそらくその男の生活でそのことにだけ、情熱を燃やしているためなのか。あるいは、移住させた後はがらんどうになってしまう、といった岐部の言葉に反撥し依怙地になっているのだろうか。

乾いて表皮の剝がれ落ちかかっている皮膚の中で、熱っぽく輝いている眼を見ていると、岐部は不安定な心持になった。岐部は、臥竜荘の窓から自分の軀を引剝がし、どぶ川沿いの道を歩き出した。

川沿いの道で、空気は冷たかった。水際の草は枯れかかっていた。その水草に、まっ白い紙屑が引っかかって、こまかく揺れていた。その日、五メートルほど歩く毎に、水草にひっかかって揺れている白い新しい紙屑が眼に映った。

川沿いの道で、ふたたび岐部は先刻の考えごとの中に引戻されて行った。

トレアドル・パンツを精一杯引っぱり上げることは、彼女が自分の脚の弱点に気付いていることを示しているわけではないか。いや、赤堀に言わせれば、自分の脚の美点をより一層誇示しようとしているためだ、ということになる筈だ。彼女が深い錯覚の中に陥ち込んでいる証拠だ、という筈だ。ジーキル博士のつもりでいるハイド氏だという筈である。そして、岐部は、ハイドの部分を引受ける、と昂然として叫ぶことになる。大型の猿に似た、畸型のハイド氏の部分を引受けようと、叫ぶことになる。しかし、何故、そこまで引受けようとするのだろうか。

何故、自分は少女に惹かれているのか。少女の歪んでいる部分に、自分の心が感応するのか。それとも、歪んでいるにもかかわらず、感応してゆくのか。あるいは、歪んでいる部分に、自分自身の歪みが照応するのか。岐部は一つの挿話を思い出した。跛（びっこ）の女を愛した男の話である。その男は、彼女の脚の不具の箇所に接吻すると、烈しい歓喜の情に襲われる。そして、彼はその時にだけ、不能の状態から脱れることができる。

その男の影像と、自分とが重なり合うことを、岐部は拒否した。岐部は、少女を見たとき、少女に畸型を感じはしなかった。畸型という言葉が、少女の周囲に立ち現われたのは、彼女の姿がテレビの画面に登場してから、しばらく経ってからのことである。そして、その言葉が現われてから、かえって彼の少女にたいする感情は濃密になったようだ。これは、何故だろう。

いや、果して濃密になったのだろうか。濃密というより、絶え間なく不安定に動揺しつづけている、といった方が正確なのかもしれない。いずれにしても、彼の心に少女の影像がからみ付いたまま離れないでいることは、確かなことだ。

岐部は下宿部屋に辿りつき、すぐに蒲団にもぐり込んだ。しこりのある心で、眠りに入った。

翌朝、目覚めると、首から上に異様な感じがあった。皮膚が熱く、皮膚が痛かった。目蓋が重苦しく、視界が狭く限られて、室内の情景が霞んで見えた。

岐部は、鏡を覗いた。鏡の中には、人間でない、何物かの顔が映っていた。異常に紅潮したその顔は、強いて類似のものを探せば、大型の猿に近かった。

一瞬、岐部は、いま言葉を口から出そうとしても動物に近い叫び声しか出てこないにちがいない、という錯覚に陥った。

と同時に、彼は前日、赤堀と言い争ったときの言葉を反射的に思い浮べていた。

「もしも、ハイドだとしても、ハイドの分は僕が引受ける」

鏡の中の顔が、ハイド氏の顔と重なり合った。岐部はおもわず失笑し、「そんなバカなことが起るわけはない」と呟いた。

「この変貌は医学的に説明のつく事にちがいない」

と、岐部は考えを立て直そうとした。そう考えることは、先刻から払い除けようとしている一つの影像、あの臥竜荘の男の姿を、自ら引寄せることだった。自分のアレルギーを移住させると予言したあの男は、岐部の上に起った異変の説明となる筈の医学的なデータを、予め岐部の耳の中へそそぎ込んでいた。それに関したさまざまな事柄を、臥竜荘の男は、この半年のあいだに、少しずつ岐部の耳の中へ滴らせ、じわじわと軀の中に浸み込ませていた。

ベートーベンの第何番目かの交響曲によって、ゼンソクの発作を起す例。ダイヤモンドの結婚指輪によって、皮膚が炎症を起す例。そして、あの赤いセーターの女を不意に襲った烈しい発作。

岐部は、鏡の中の異様なものと向い合っていた。鏡の面で少女の影像がちらちら揺れ動いた。トラップトロップ、ドロップ、ドーナッツ。岐部の耳に、少女の甘えた甘い歌声がひびいてきた。

その日一日、岐部は赤く腫れた皮膚の中に閉じ込められたまま、下宿部屋に閉じこもっていた。

翌朝も、その状態は続いていた。下宿の女主人が、薬屋から注射薬を買ってきてくれた。注射の心得のある彼女が、岐部の皮下に薬液を注ぎ込むと、潮の引いてゆくように赤い腫れが消えさって、岐部はもとの姿に戻った。

その移り替りがあまりに鮮やかであったので、岐部はまたしても、ジーキル博士とハイド氏の物語を思いだしてしまった。ハイド氏に変身した博士は、強い薬液を体内に注ぎ込むことによって、元のジーキル博士の姿に戻ることができていた。しかし、そのうちに、次第に元の博士の姿に戻ることが困難になりはじめる。ジーキルの姿で、短い仮睡に陥った博士は、目覚めると必ずハイド氏に変身してしまっている。ついには、どんな強い薬液も、博士を元のジーキルの姿に戻すことができなくなってしまう。

岐部は、部屋の壁に背を凭せかけ、脚を長く畳の上に伸ばした姿勢のまま、半日を過した。静かな、むしろ放心したような姿だったが、彼は縁すれすれに毒液を満たした大きな器を、零れ出ないようにそっと捧げ持っている心持に捉えられていた。不安が、不吉な予感が、体内で揺れ動いていた。

気晴らしに街に出てみようか、とも考えたが、臥竜荘の横腹にくろい穴のように開いている窓の奥に潜んでいるあの男のことに思い至ると、その考えは消えてしまった。もしも、あの男と顔を見合せたならば、その一瞬に岐部は自分の皮膚が炎症で覆われ、大型の猿に似たものに変化してしまいそうな不安に捉えられたからである。

その次の朝、岐部は落着きのない心持で目覚めた。しばらく躊躇した後、彼は鏡の中を覗いてみた。鏡の中の顔は、平素の形と変りがなかった。

そのような朝が、幾日か続いた。そして、その後、岐部の軀には異変が起らなかった。彼の不吉な予感は、しだいにその色が薄くなった。先日のあの異変は、前の日の夕食の中の食物によって、惹き起されたものかもしれない、と岐部は考えるようになった。背の青い魚によって、タケノコによって、あるいはその他の食品によって、ジンマシンが起ることはしばしばあることなのだ。

赤堀からのハガキが、岐部のところに届いた。

「しばらく姿を見せないが、元気か。わが社は、大へん景気がよくなった。ご馳走するから、出かけてきたまえ。それに、貴君の失業保険の期限も切れた筈だ。そろそろ、次の仕事のことを考えなくてはならぬ時期だとおもう。そのことについても、相談したい」

岐部は、この愛想のよいハガキを机の上に置いて、しばらく眺めていた。「赤堀にとって、自分は何の利用価値もない筈だ」と考えていることに、岐部は気付いた。

彼は、友人の赤堀の姿を、脳裏に浮び上らせてみた。しかし、その像をうまく引寄せることができなかった。それは、岐部の脳裏で以前より一層あいまいな焦点しか結ばなかった。

岐部は、疑い深くなっている自分に気付いた。彼は視線を外側に向けることにした。窓の外に拡がっている風景の中の樹木は、黄ばんだ葉をつけていた。冬が近づいていた。失業保険の期限は二ヵ月以前に、切れていた。退職金も、すでに無くなっていた。

岐部は、もう一度、机の上のハガキを眺めた。赤堀を訪れてみよう、と彼は呟いた。

岐部が、部屋から外へ出たのは、それから数日後の午後だった。その日は、異常に寒かった。秋の末の気候でなかった。寒波襲来、何十年ぶりの寒さ、というような記事が夕刊に出ることだろう。

大きな鞄の中から、岐部は外套を取出して着ることにした。外套はナフタリン臭かった。川沿いの道を歩いてゆく彼のうしろに、ナフタリンのにおいが航跡のように残ってゆくことが、彼の気持にひっかかった。

臥竜荘の窓は、すべて閉ざされていた。寒い日だ、と岐部はあらためて感じた。息を潜めて、彼はその建物の前を通り過ぎた。臥竜荘がしだいに小さくなってゆくのを背中に感じると、岐部はそっと指先で顔面の皮膚を撫でてみた。異変は起っていなかった。しかし、不吉な予感が、その時から再び彼の中に忍び込んできた。明るい日光を恐れる気持が忍び込んできた。午後三時、太陽は頭上にはなく、正面からの光は、その中で、一瞬の間に自分が大型の猿に似たものに変化する不安を彼に与えた。

電車を乗換え、目的の駅で下車した岐部は、顔を伏せ加減にして、明るい街を街路樹の陰、建物の陰と、光の当らぬ場所を拾って歩いて行った。

街角を曲ると、立ち並んだビルディングの影が鋪装路に覆いかぶさっていた。岐部は真直ぐに、歩道を歩いて行くことができた。

ビルディングの列に切れ目があって、岐部はためらいながら、光の中に歩み込んだ時、すぐ傍に自動車の停る気配があった。立止って、車道の方を向いた。クリーム色の大きな自動車が彼の軀の横に停っていた。夕日を受けた窓ガラスが白く光って、そのガラスに彼の顔が映った。

小さな掌が、窓ガラスを内側から軽く叩いていた。ガラスの向う側、自動車の中に、彼はあの少女の顔を認めた。少女の顔は笑っていた。

きっかり閉ざされてあった窓ガラスが、するすると下へ動いた。そこに映っていた岐部の顔の上半分が消えて、隙間ができた。その隙間に、少女の眼が現われた。その眼は、以前より大きくなったように思われた。加工の痕を探そうとして、すぐに止めた。その眼の下の窓ガラスには、相変らず岐部の顔の下半分が映っている。彼は少女から眼をそらし、窓ガラスに映った自分の顔を探った。みるみるうちに、そこに映っている顔の影が変化してゆくような気持に襲われたからだ。

しかし、ガラスの上の顔には変化は起らなかった。同じ形で、その上にとどまっていた。

「なにを呆んやりしていらっしゃるの？」

「突然だったんでね。それに、久しぶりだったんでね」

「ほんとうに、お久しぶりね」

「お茶でも飲まないか」

その言葉を、努力して岐部は口から外へ押出した。

「あたしも、そう思って車を停めたの。だけど、いまは駄目。新しいお仕事があって、その録音に行くところなの。三時間ほどかかる。夜はおひま？」

「うん」

「それじゃ、八時に……」

と、少女は街路を眺めた。すぐ左手に、スタンド・バーの看板が見えた。

「あの店でお会いしましょう。待ちぼうけは厭よ。お話があるの」

「うん」

岐部が殆ど言葉を出さないうちに、待ち合せの約束が出来上ってしまった。

「では、その時にね」

クリーム色の自動車は微かにガソリンのにおいを残して走り去った。その自動車の横腹には、「トラップトロップ製菓会社」という真紅の文字が大きく描かれてあった。

陽光社編集室の薄暗い階段を上り切って、部屋へ入ると、岐部は大きな声で言った。

「やあ赤堀君、景気が良いそうで、よい按配だな」

部屋の中は、一瞬、静まり返った。その沈黙には、気まずい気配があった。岐部は、自分の言葉が失言となったのを知った。しかし、何故失言となったのだろうか。いつになく陽気な大声を出した自分を、岐部は腹立たしく思った。

姿勢のとり方に迷って、岐部は部屋の入口に立止っていた。部屋の中には、赤堀と松井のほか、初めて見る顔が二つあった。一人は新しく傭い入れたと思われる事務員風の若い女。もう一人は恰幅のよい中年男。恰幅の具合から、陽光社の前社長とおもわれる。前社長は、編集方針を変更した雑誌の仕事は、赤堀たちに委せきりにして、滅多に姿を現わさず、陰でいろいろ画策している、と聞いていた。その画策というのも、古雑誌を海外へ売込む仕事とか、焼酎ホールの経営とか、すべて計画だけで消えてしまうたわいのないものだった。「つまり、スネているんだよ」と赤堀が説明したことがある。

岐部は、入口に立って、戸惑っていた。赤堀が、その岐部に声をかけた。

「景気は良いんだ。しかし、そのためにかえって按配が悪くなった。もっとも、これは君に関係のないことだが。まあ、そこらへお茶でも飲みに行こう」

赤堀は笑いながら立上って、岐部を促して戸外へ出た。

向い側の喫茶店で、赤堀は相変らず笑いながら言った。

「君に関係のないことだが、と言ったが、まんざら関係のないわけでもなかった。景気が良くなったから、君に手伝ってもらおうかと思っていたのだから。もっとも、君がその気になれば、の話だが。君にハガキを書いた翌日に、不意にトラブルが持上ったんだ。いずれにしろ、この社はもうダメだね」

と、赤堀は、トラブルの内容を簡単に説明した。

新しい編集方針の雑誌が「儲けになる」と分ると、前社長は今の資本家（というよりも金主といった方が相応しいが）から、別の金主へ鞍替えしようと企んだ。もっと自分を厚遇してくれる金主のアテが付いたのである。雑誌の誌名の商標登録権は、前社長がもっている。そこで、二人の編集員とともに新しい金主の許へ移り、そこから雑誌を続刊しよう、というのである。

一方、いまの金主である紙ブローカーの主人は、自分が折角苦労して、どうやら儲かるようになった時に、そんなことをされては困る、という。もっとも、それははっきり黒字になることが分った現在の言い分で、つい先頃までは「もう廃刊しようと思う」というのが彼の口癖だった。赤堀が、破格に安い給料の値上げを頼んだり、未払いの稿料の催促をする度に、主人はその言葉を繰返していた。いまは、給料を五十パーセント値上げするから、残って編集をつづけてくれ、と言っている。そして、もしも、前社長が二人の編集者を連れて移って行った場合にも、雑誌の刊行はつづけてゆくつもりだ、と言っている。

「その間に、いろいろ微妙な問題はあるわけだが、ともかく輪郭はそういうことだ」

「それで、君はどうするつもりだ」

と、岐部は訊ねてみた。

「結局、この雑誌はもう駄目だよ、同じ誌名の雑誌が、同時に二つ出るようなことになれば、共倒れにきまっている。俺は前社長にも含むところがある。こっちが使い走りの女の子も傭えないで、四苦八苦している間は、給料だけ取って会社へは出てこない。どうやら売れるようになったころ、出てきて突っつき毀してしまう。しかし、どうせ共倒れになるなら、因縁の深い方と一緒の方がよい。悪因縁というものだがね」

「それで、共倒れになったら、どうするつもりだ」

赤堀は笑い出した。

「君、他人の心配をしている場合じゃないだろう」

そして、笑いを納めると、

「俺のような商売に首を突っ込んでいるものはね、これは雑草のようなものだ。なんとか別の雑誌を作り出して、それで食ってゆくことになる」

と言った。岐部はその言葉から、自嘲のひびきを捉えることはできなかった。そればかりでなく、その言葉の中から、はっきりした感情の形を見付け出すことができなかった。

岐部は、赤堀の顔を眺めた。学生時代の赤堀は、こういう時、神経が露わに浮び上っている表情をしている筈だった。しかし、今のその顔には、例の手がかりのつけにくい表情が浮んでいた。

この顔を赤堀は獲得したのだろう、と岐部は思った。いま、その顔の下から、無数の傷が浮び上ってくるように、岐部には感じられた。無数の傷から分泌した樹脂に厚く覆われた樹木の肌を、そして今では刃物の先も容易に傷つけることのできない樹木の肌を、岐部は連想した。

「いま、あの部屋の丁度下の部屋に、イガ栗頭の大男がいる。松の幹のようなごつい腕をしているやつだ」

赤堀が話しかけてきた。

「紙屋の主人が連れてきたんだ。俺たちがどうやら前社長と行動を一緒にすると見きわめをつけたんで、勝手に雑誌を出したら承知しないぞ、というわけなのだ」

「暴力団か」

「いや、正義の士だ。綜合雑誌に論文を書いたりしている。紙屋の主人に同情して、力を藉す、ということになっている」

「殴るのか」

「殴りはしないだろう。しかし、威勢のいい手下がたくさんいるという話もある。月夜の晩ばかりはない、という噂もある」

と赤堀が言った時、爆発音に似た音がひびいた。

「こらあっ！」

そういう言葉で怒鳴った人間の声だ、ということは、咄嗟には理解できなかった。岐部と赤堀は、揃って首を道路の方へ向けた。喫茶店の窓に劃られている道路の風景には、人影は疎らだった。通行人が一人、陽光社の前に立止っていた。背中を岐部たちの方へ向け、陽光社の中を覗き込んでいる姿勢だった。

「何かはじまったらしい」

赤堀はそう呟いて、立上った。岐部は赤堀と一緒に戸外へ出た。入口のガラス戸を透して、階下の部屋の内部が見える。両股を大きく拡げて椅子に腰かけているイガ栗頭の大男の姿が正面に見えている。その前に立っている松井の後姿が見えている。痩せた片方の肩を、ぐっと上に尖らせて突き上げている。痩せた犬が巨きな犬に咆えかかっている姿勢に似ている。

「どうしたのかな」

赤堀は、陽光社の入口へ歩み寄って行った。岐部はそのまま路上に佇んで、ガラス越しの光景を眺めていた。大男は鼻下にヒゲを生やしている。口が開閉して、その髭が動くのが見える。

しかし、話し声は聞えてこない。その大男の喉から出たとおもわれる先刻の怒声は、余程大きかったにちがいない。

ガラス戸の向うの黙劇は、進行してゆく。松井が肩をいからせた姿勢のまま、二、三歩後へ退った。そこで立止って、大男の方へ深く頭を下げた。元の姿勢に戻った松井の背中に、ありありと屈辱の気配が現われていた。松井の姿が右手に消えた。大男が、首をうしろに捩じ曲げて、軀をゆすぶるように動かした。笑い声がひびいてきた。

赤堀の姿は建物の中に消えていた。岐部は路上に佇んでいた。間もなく、編集室へ通じる階段の出口から、赤堀が姿を現わした。

「たわいもないことさ。松井さんが用事で下の部屋へ行った。あの大男に挨拶しなかった。挨拶する筋合じゃないからね。すると、礼儀を知らない、といって怒鳴られたんだ」

「お辞儀させられているのが見えた」

「そこで、松井さんの自尊心がしばらく痛むことになったわけだ」

「しかし、君が松井さんの立場だったらどうだろう」

「俺だって、いい気持はしないさ。しかし、自尊心が関わりをもってくる問題かな。あの男はいいところを見せようとしたわけだ。依頼主にたいして、自分が無能でないことを示したわけだ。その表現が、ああいう形を取るとは、これは滑稽なことじゃないか」

そう言った時の赤堀の顔には、例の手がかりの付けにくい、磨き込んだガラス球のような、あるいは樹脂に厚く覆われたような表情が浮んでいた。しかし、その表情に、不意に裂け目が現われた。その顔は活気を帯びた。眼がいたずらっぽく光って、彼はこう言った。

「俺も、最敬礼を一つさせられるかもしれないな」

赤堀は、その表情をとどめたまま、

「当分会えないかもしれないな。このゴタゴタが結着したら、連絡をとるよ」

と言い、岐部に背を向けて、陽光社の中へ歩み入って行った。

赤堀のその表情と後姿が、路上に佇んでいる岐部の脳裏にしばらく残った。

「気をまぎらわして生きているのだ」岐部の頭の中に、ふと、そういう言葉が浮び上った。不意に浮び上ってきたその言葉が、岐部にからみ付いた。赤堀も自分もそうなのだ。ただ、そのための姿勢に、大きな違いができている。赤堀は、絶えず忙しく軀と心を動かし、なるべく風圧の大きな場所に身を置くことによって、気をまぎらわし、一方自分は、なるべく軀も心も動かさないようにして、風圧を避けた場所で気をまぎらわしてきたのだ。

しかし、少女は自分にとって、単に気をまぎらわすための存在だろうか。と、岐部は考えはじめた。少女に向って、自分の心は鋭く焦点を結ぼうとした。死んだAと同じように、女性に接触するときには心を部屋の机のヒキダシに仕舞い込んでおくことにしていた自分にとって、それは珍しい状況だったのだ。

気をまぎらわして生きてゆく日々。いや、生きつづけてゆくための方法として、日々気をまぎらわしていること、そのことから自分の心が無意識のうちに転換を試みようとしていた。その現われとして、自分の心が一人の女性に集中しようとしたともいえるのではないだろうか。しかし、それは焦点を結びそこない、不安定に揺れ動いている。その不安定さを、自分は愉しんでいるわけではない。気をまぎらわすためのよい材料と考えているわけではない。もしそうだとすれば、自分の皮膚に異変が起る筈がないのだ。

岐部は俯き加減になって考え込みながら、日没直前の街を歩いて行った。

午後八時、岐部は少女との約束の場所であるスタンド・バーにいた。

岐部が二杯目のウイスキーを飲み干した時、少女が姿を現わした。

「ごめんなさい、遅くなっちゃって。バスに乗ってきたものだから。なんだか、急に、バスに乗りたくなっちゃったの。バスって、ユカイね。いろんな顔がいっぱい並んでいて、一つ一つ眺めていると、とっても面白いわ」

岐部の脳裏に、初めて乗ったという自動車の座席の上で嬉しそうに軀を弾ませている少女の姿が、浮び上ってきた。あれは、半年ほど前のことだった。

岐部は黙っていた。

「ほんとに、お久しぶりね。いろんなことが、いっぱいあったわ」

岐部は黙っていた。すこし顎を引いて、少女のまるい顔を、たしかめるように眺めた。室内の照明は薄暗かった。

少女はカクテルに口をつけると、岐部に訊ねた。

「いつか、あたしの写真を載せたあの雑誌社ね、いまどうなっているかしら」

「君の写真？　ああ、あの豆粒ほどの大きさのやつか」

「豆粒ほどだけど、元の写真はちゃんとした大きさに写っているわけでしょう。あの原板はどうなっているかしら。あなたのお友達が、まだ持っているのかしら」

岐部が街路を歩いていた。すぐ傍に自動車が停った。少女が乗っていた。少女が、午後八時の待ち合せを言い出した。話がある、と言った。岐部は、少女の企みに突当った気持になった。

「原板か。どうだろう。どうして」

岐部の口から、厳しい声が出た。

「いえ、どうというわけじゃないの。ちょっと思い出したの」

少女は、すこし慌てた調子で答えた。岐部は黙っていた。半年間が経っていた。半年前、少女は自分の裸形をできるだけ広い範囲に撒きちらそうと企んだ。そして半年後、彼女の気持は正反対の方向に働いているのだ。たしかに、この半年の間に、彼女にはいろいろのことが起ったのだ。少女は見覚えのないほど変ってしまったのだろうか。岐部は、少女の姿を視線の中にくるみこんだ。彼の傍に坐っているのは、たしかに見覚えのある少女だ。彼女の外形を変化させた痕跡を岐部は探そうとしたが、室内の照明は薄暗かった。

少女は、岐部の執拗な視線に、しばらく軀を堅くした。そして、にわかに軀の線を崩すと、

「あたし、厭な子、ね」

と言った。

岐部は、返事の言葉を見付けそこなった。少女にたいする姿勢も、定め兼ねていた。二人は、しばらく黙って、酒を飲みつづけた。不意に、少女が饒舌になった。彼女の仕事にまつわるエピソードを、つぎつぎと喋った。その話は、すべて華やかな愉しそうな色に塗られてあった。それから、少女が有名な二枚目俳優に会った話をした。

「すてきなひと！」

と、少女は力を籠めて言い、その男と会った時の有様を、嬉しそうに話した。岐部は、あちこちの雑誌に載っているその男の大写しの顔を思い出した。そこに現われた表情は、屈折のない心、傷つくことのない心を、露わに反映していた。岐部は赤堀の顔を思い出した。それは、たくさんの傷から滲み出た樹脂のようなものに厚く覆われ、つるつると手がかりのない感じで、

赤堀の男の傷つかなさは、鋭い針の先も滑らしてしまう、傷つきにくいものだった。しかし、その男の傷つかなさは、赤堀のものとは全く違う。鋭い針を、鋭いとして感じ取らないものだ。砕けやすいガラスのような心をもった人間にとって、それは時にはダイヤモンドの硬さとして、羨望を感じさせる瞬間もある。時には、甚だしい侮蔑を覚えさせるものでもある。

少女が嬉しさを剝き出しに現わしていることが、岐部の気に懸った。嫉妬しているのか。いや、嫉妬は、彼の感情の狭い部分にしかない。それよりも、少女が半年間の生活の華やかさを誇張していることの意味が、いろいろの形で彼の脳裏に浮び上った。「いや、本当に華やかなものと感じているのさ」という赤堀の声が聞えてくるような気がした。「しかし、それだけではあるまい」と岐部は呟いた。

岐部は薄暗い光線の中で、少女の横顔を見詰めた。鼻梁の根もとの皮膚に、異常が認められた。その両側に縦の線が並んでいるように、形を修正した痕跡がうかがわれた。

「とっても、すてき!」

もう一度、少女が言った。岐部の感情の嫉妬の部分が、少し拡がった。もう一度、岐部はあの二枚目俳優の写真を思い浮べた。そこには、岐部にとって全く手がかりのつかない表情が浮んでいた。赤堀の手がかりのつかなさとは全く異質なものである。岐部との間の通路が、最初から無いのだ。岐部は、少女が自分とは隔絶された場所へ連れ去られる心持に捉えられた。

反射的に、岐部の口から皮肉な言葉が出て行った。

「君は自分の写真の原板を取戻したいのだね。自分の裸の写真の原板を」

「そんなこと、もう、どうでもいいの」

しばらくの間、また二人は黙って酒を飲みつづけた。

「いろんなことが、たくさんあったわ」

もう一度、少女はぽつりと言った。

「この前、一人であそこへ行ってみたわ。なんとなく、行く気になったの」

「何処へ」

「あの川の傍の公園。どうして行く気になったか分らない。一人で行って、しばらく呆んやり立っていた。それだけで帰ってきたの」

岐部は、その言葉を嚙みしめて、抒情的な気分に引込まれようと試みた。しかし、嚙みしめると、砂粒が歯に当る。甘い甘ったるい声で、少女はそう言った。岐部はテレビ器械から流れてくる少女の声を思い出した。あの声が、いまは少女の日常生活の中でも使われるようになっている。その声は、岐部に疑わしい気分を起させた。しらじらしい響きを、彼は嗅ぎつけようとする。また、慰めるような、アヤすような響きも感じ取ったように思う。慰める調子、アヤす調子、それはどういうことなのか。

「恋人ができているのか」岐部はふと、そう感じた。

岐部は、にわかに酔いを覚えた。

「そろそろ帰ろうか」

「ハシゴ酒をしよう」

と、少女が少年風の口調で言った。

戸外へ出た。寒さは夜になって、一層烈しくなっていた。少女は真紅の外套の襟を立てた。ピカピカ光る大きな耳飾りをつけていた。

二人は路地へ折れ曲って、別の酒場を探そうとした。両側からコンクリートの建物が迫っている。細い路地だった。岐部の足がもつれて、肩がその堅い壁面にぶつかった。少女は立止って、立直った岐部を眺めた。少女の顔が、白く浮び上っていた。以前より一層、少女の化粧は濃くなっている。そう考えたとき、少女が誘うように唇を岐部に向けた。

岐部は背をかがめ掬い上げるように、少女を抱いた。半年前、岐部の腕の中で少女の軀が硬直し、無器用に唇を合わせたことが、脳裏にひらめいた。しかし、いま、少女の腕はしなやかに彼の軀にまつわり付き、巧みに岐部の唇を受けた。

少女の唇が開き、湿った舌が岐部の歯の間に押し入ってきた。巧みというよりは、巧みであることを、岐部の心に焼付けようという気配があった。嘗て、岐部の唇の下で無器用にふるえた唇をいまいましく思っているように、あるいはそういう自分を岐部に知られたことをいまいましく思っているように、少女の舌は力に満ちて口腔に潜り込んできた。

岐部は、たじろいだ。たじろいだ自分に反撥して、彼は爪先立っている少女の耳にささやいた。

「どこかへ行ってしまおうか」

「誰にも知られないところなら」

少女の言葉が、また彼の心に軋んだ。もうこの少女は、世間の眼が彼女に集まり、彼女を見覚えているという姿勢を取りはじめているのだろうか。彼は少女を引きずるようにして、速い足取りで路地を歩み抜けた。

路地を出ると、掘割に沿った道に出た。淀んだくろい水の表面が、かすかに光っていた。水に沿った道の傍で、小さなホテルの軒燈が輝いていた。

少女はハンドバッグを持った片手をあげて、顔を覆いながら、その内部に足を踏み入れた。

寒い夜だった。ホテルの建物は古かった。壁に大きな汚染が拡がっていた。煖房は入っていなかった。おそらくその設備がないものとおもわれた。岐部は、照明を薄暗くした。その光の中で、シーツだけ白く輝いてみえた。そして、その冷え切った布に、彼の軀が触れたとき、彼は反って烈しい酔いを覚えた。すぐに、その酔いは内攻しはじめた。嘔気が胃の底で小刻みに揺れ、それはゆっくりと拡がりかかった。

少女は衣服を脱ぎはじめた。もの馴れた手つきで、つぎつぎと軀から布片を脱ぎ取っていった。その手つきを誇張しているように見えた。ベッドに腰掛けて、深く脚を折り曲げて靴下を取ろうとして、少女はふと手を止めた。両方の掌で脚を包み込み、しごくようにゆっくり撫でおろすと、

「あたしの脚、良い形でしょう」

と、念を押すように言った。

その部分だけ切り離して眺めれば、それは確かに良い形をしていた。岐部は即座に答えた。

「良いかたちだ」

しかし、彼は少女の言葉の裏側にある感情を摑まえそこなった。その言葉を支えているものが、誇りなのか不安なのか、判断を下すことができない。彼は未だに、少女にたいする姿勢を見出し兼ねていた。彼の返答は、不安定なあいまいな調子になった。

嘔気は一層広くひろがっていた。口を開いたとき、彼は自分の軀の中が大きな袋になって、汚物がいっぱい詰め込まれていることを感じた。嘔きたい気持は、突き上げるようには襲ってこない。軀の底の方から、じりじり這い上ってくる。喉の奥へ指を突込んで嘔いてしまおうか、とも思うのだが、いまの瞬間にこの小さなホテルに嘔吐する音が響きわたることを考えると、

耐えられない。

それは、羞恥心というよりは、屈辱感にちかい。

岐部は汚物の詰った袋の端を紐で縛り上げるように、口を堅く結び、嘔気を軀の底に押し込めていた。

「つめたい。つめたい部屋ね」

と呟きながら、少女はベッドの中に這入ってきた。岐部の腕の輪の中で、少女の軀はしばらくの間、小きざみに慄えていた。それは、寒さのために違いなかった。間もなく、少女の身ぶるいが止ると、彼女はやわらかい身のこなしで、岐部の軀に軀を押し当ててきた。

酔いと嘔気のために、岐部は不能にちかくなっていた。

岐部は、隙間なく触れてきた少女の裸体をかかえ込んで、焦躁に捉えられていた。少女にたいする感情は、岐部を不能から脱け出さすことができないようだった。それどころか、彼の少女にたいする感情は、ますます不安定に揺れ動き、はっきりした形に定まらないのだ。

先刻の接吻を、岐部は思い描いた。彼の歯の間に、いまいましそうに、また挑戦するように押し入ってきた少女の舌を、思い浮べた。大きな汚物の袋のように、むなしく少女の裸体の傍に横たわっている自分を意識して、彼は屈辱に満ちた心になっていった。

その屈辱感をはね返そうとする心によって、岐部の軀は辛うじて不能から脱け出していった。

しかし、その行為は力の萎えた、あえぎあえぎのものになってしまった。それは、生命に溢れた愛の行為からはほど遠いものであった。

少女の軀は揺がなかった。眼を閉じて、軀をじっと岐部の下に投げ出していた。岐部の軀から潮が引くように逃げ去ってゆく欲情を、懸命に押し戻した。辛うじて、終末にたどりついた。

少女の軀から離れた時、岐部の額にはあぶら汗が滲んでいた。

岐部はもう一度、少女のあの挑戦するような接吻を思い浮べた。少女の傍に軀を横たえて、少女の嘲笑の言葉を待つ気持だった。

その時、少女の口から、予想外の言葉が出てきた。

「あたし、娼婦みたい？」

少女の言葉には、返事を要求する調子があった。しかし、またしても、岐部はその質問の意味を捉えそこなった。

少女が偶然街角で出遭った岐部と、その夜にホテルにきてしまったことについて、彼女はそう言っているのだろうか。あるいは、それは報酬を要求している言葉なのだろうか。

「写真の原板を君に渡す、と約束すればいいのか」

岐部に触れていた少女の上膊の筋肉が、びくっと震えた。

「いま、そんなことを考えていたの。いまあたしが此処にいるのは、そのためだと思っている？」

「そのためだと思っていたわけじゃない。しかし、何のためか、よく分らない。愛情のためじゃないのだろう」

「あたしにも、よく分らないの。だけど、あたしにとって岐部さんは、好きでも嫌いでもない人、ではない。岐部さんのこと、ときどき思い出していた。しょっちゅう思い出してはいなかったけど。だって、あんまりいろいろなことがあったのだもの」

少女は、しばらくの間、沈黙して、口を開いた。

「岐部さんは、昔のあたしのことを知っている人でしょう。いまのあたし、娼婦みたいかしら」

今度の言葉は、呟くような調子だった。不安なひびきがその中に混っていた。岐部は、返事の言葉を見付けそこなった。

「好きでも嫌いでもない奴は撃退しておいた方がいい、と、いつか岐部さんのお友達が言ったことがあった。その好きでも嫌いでもない人間と、こういう部屋へきたことがあるわ。そして、さっき岐部さんが考えたように、報酬を貰ったわ。もちろんお金じゃないけれど」

岐部はもう一度、少女を腕の輪の中に入れた。傷だらけの小さな軀を抱いている、と彼は考えた。心も軀も。まさぐれば、彼女の軀のあちらこちらを修正した傷痕に触れることができるだろう。動き出しそうになる両方の掌を、彼は少女の背後で握り合せた。岐部の心に、少女にたいしての愛憐の気持が、ゆっくり拡がっていった。

いまならば、少女の軀に軀を重ねて少女を愛することができる、と岐部は感じた。その時、少女が身をしりぞけて、

「もう帰りましょう。あんまり遅くなると困るわ」

と言い、岐部の腕からすり抜けて床の上に立つと、衣服をまといはじめた。

「いま何処に住んでいるんだ。てんぷら屋にいるのか」

「違うわ」

「何処なんだ」

「聞かないでおいて」

一定の方向に集中しかかっていた岐部の感情が、また不安定に揺れはじめた。ベッドから脱け出して洋服を着た彼は、ベルを押して会計をたのんだ。ポケットの紙幣を探った時、彼はひやりとした。支払いに足りるか足りないかだけの金しか残っていなかったからだ。

会計には、ポケットの中の金で辛うじて間に合った。岐部のポケットは空になった。それは岐部の持っている最後の金でもあった。深夜になっていた。電車はもう動いていない時刻になっていた。

二人は外へ出た。ホテルの前の掘割に沿った暗い道を、少女は岐部に寄添って歩いた。その道は間もなく尽きて、広い電車道に突当った。街燈の灯が並んでいて、人影も疎らに見えた。

その広い道に出ると、すぐに少女は軀を岐部から離した。少女は立止ると、

「車をひろって帰りましょう。方角が違うからべつべつに帰りましょう」

岐部は、少女から車賃を貰うことによって、わざと屈辱感を引寄せてみようか、と考えた。しかし、その言葉を口から出すことはできなかった。彼は黙って、舗装路の上に立っていた。

空車の札を明るく浮び上らせた自動車が走ってきた。少女はもの馴れた様子で片手を上げ、停車した車に一人で乗り込んだ。

「さようなら」

窓ガラスの向う側で、少女の顔が白く岐部の方へ向けられていた。淡いガソリンのにおいが残った。車は走り去った。

しばらく忘れていた嘔気が、岐部の軀の底から烈しい勢いで突き上げてきた。傍の街路樹の幹を片手で堅く握り、背をかがめて嘔吐した。長い時間、彼は嘔きつづけた。身を揉みながら、軀の中のものをしぼり出すように吐きつづけた。

少女にまつわるあらゆる感情を吐き出してしまいたい、という気持が、苦しい姿勢で蹲みこんでいる岐部の脳裏を掠めて過ぎた。

胃の腑が痙攣し、喉の底まで突き上げてくる状態がようやく鎮まった。岐部は背を伸ばして立った。重苦しさが消え、解放された気分がした。しかし、次の瞬間、はげしい寒さを全身の皮膚に覚えた。厳しい寒気だった。街路の物音が、冴えた響きを出していた。

岐部は歩き出した。下宿までの長い道程を思い浮べた。その道を一人で歩いてゆく自分の姿を思い浮べた。その瞬間、彼は頸から上の皮膚全体に、異様な感じを覚えた。

岐部は外套のポケットの中に突込んでいる手を、かたく握りしめた。その手を抜き出して顔の皮膚を指先で撫でてみなくても、分っていた。自分が一瞬の間に、ハイド氏のような大型の猿のようなものに変貌してしまっていることを知っていた。

その時、岐部は少女の影像があのダイヤモンドの指輪のように、いや、鉄のタガのように、しっかり彼の心に嵌まり、彼の心を締めつけていることを知った。

「今度の症状は、この前のように、注射薬によってすぐに消え去りはしないだろう。長い間、自分の軀の上にとどまりつづけることになるだろう」

岐部はそう呟いた。暗い道を歩きつづけている岐部の中に、その呟きは確信となって、這入りこんできた。

# 水族館にて

午後三時になると、大学生の佐伯は市街電車に三分間ほど乗って、海岸の近くの遊園地に出掛ける。そのことが、その日で三日も続いていた。

寒い季節なので、オーバーを着て手套をはめて出掛けるのだから、ずいぶん酔狂なことだ。いや、最初の二日間は酔狂でしたことだが、今日はちゃんと目的がある。

遊園地の中にある小さな水族館で、今日もまたあのへんな少女が水槽のガラスに向ってたたずんでいるかどうか、確かめようと彼はおもっている。

その水族館は、すっかり投げやりにされていて、水槽の厚いガラスは水垢で汚れている。そのガラスに眼を近づけて、緑色がかった水の中を覗きこんでみると、結局魚が一匹もいないことが分ったりする。魚のいない水槽があまり多いので、申し訳をしているように、金魚が群をなして泳いでいたりする。それも、琉金(りゅうきん)とか蘭鋳(らんちゅう)とか筋のとおった種類ではなく、粗末な雑種の金魚の群なのだ。

その投げやりなところがおもしろくて、金魚の水槽の前に長い間立止ったり、さらには魚が一匹もいない緑色の水を眺めてみたりした。二日つづけて佐伯が遊園地へ出掛けたのは、この水族館に惹かれたためだ。薄暗い館内に足を踏み入れたときの、空気のカビ臭い冷たさと、両側に連っているガラスの前が、ぼうっと明るんでいる感じも、彼には好ましくおもえるのだ。

しかし、そう感じるのは彼だけのことかもしれず、この水族館は、はなはだ不人気だ。もともと、寒いときに回転木馬や小型の汽車に乗りにくる気まぐれな子供や大人がたくさんいるわけはなく、遊園地には人影がまばらなのだから、水族館にいたっては、全く無人である。いや、それは違った。二日とも、ほぼ同じ夕暮前の時刻であったが、佐伯のほかにもう一人の少女が館内にいたのである。

最初の日、彼は彼女の横顔をちょっとながめただけだった。二日目に、同じ少女がたたずんでいるのを見たとき、その背後を通り抜けながら、少女の前の水槽を覗いてみた。

その水槽には、魚がいなかった。自分に似た気持でこの水族館にきている仲間を見つけたようにおもって、ほほえましい気分だった。しかし、彼が全部の水槽を覗きおわっても、まだ少女はもとの位置に立っていた。

「すこし、時間が長すぎるようだ」

と呟いて、少女の横顔にしばらく視線をそそいでみた。その気配を感じる様子もなく、少女はたたずんだままだ。

その次の日が、つまり今日なのだ。

少女は、今日もそこにいた。

はじめて、佐伯は検べる眼で、その姿を見た。赤い毛糸の靴下につつまれた足が、サンダルをつっかけていた。家庭の台所で働いている服装からエプロンをはずし、オーバーを羽織って出てきたような恰好である。遊園地の近くの住宅地に住んでいる人なのであろう。

「お嬢さん、よっぽど、お魚が好きなんですね。毎日、水族館がよいとは」

少女は、初めての人間を見る眼で、彼を見ていった。

「べつに、お魚が好きで、きているわけじゃありません。だけど、あたしが毎日きていることをご存知なのなら、あなたも毎日きていらっしゃるわけじゃなくって」

「なるほど、そういうことになるな。毎日、ここでお会いしたのですけれど、ぼくのことを覚えてはいないのですね」

「あたし、一人で考えごとをしていたもので。考えごとをするには、ここの薄暗いような、薄明るいような空気が、とってもあたしに具合がいいの」

そして、不意に思い出したように、つけ加えた。

「それから、あたしは、お嬢さんじゃありません、奥さんです」

「あ、これは失敬」

「いいえ、かまわないの。だって、あたし自身だって、まだ奥さんなんて気分になれないのだもの。それなのに、また今度は、お母さんにならされてしまったなんて」

「え、それはどういうことなんだろう」

「いいえ、それはどうでもいいの。とにかく、いろいろ考えごとができて、それで毎日ここへなんとなく足が向いてしまうの」

「それなら、気晴らしに、動物園の方へ行ってみませんか。あっちは水族館とちがって、いくらか手入れが良いようですよ」

女は、とがった顎をちょっと引くようにして、佐伯の姿をたしかめるように眺めまわした。オーバーの襟から、黒い学生服の詰襟のところが覗いている。帽子はかぶっていない。

「あなた、不良大学生じゃないでしょうね」

彼女は、気軽な調子でそういうと、

「それじゃ、行ってみましょうか」

と、歩き出した。女学生気質の抜け切らない、軽快な歩き方だ。

遊園地の水族館とは反対側の隅に、小動物園の入口がある。

入口に、板張りのアーケイドの形が作られてあって、その板にさまざまの動物の絵がペンキで描かれてあった。二人の男女は、その絵を仰ぎ見てしばらく立止っていた。

「ずいぶん、いろんな動物の絵が描いてあるな。ゾウ、キリン、ライオン、オットセイ」

「カバもあるわ」

「小さな動物園で、檻の中には珍しいものがないので、せめて入口だけでも景気よくしてやろう、というわけか。なにしろ、この水族館は、金魚ばかりなんだからな」

「そうかしら。でも、あそこの絵の横に、字が書いてあるわ」

アーケイドの横に、木の板をつぎ足して、そこにカンガルウの絵が描いてある。その横に、「新シク当園ニ到着シタ動物デス」という字が見える。その絵のペンキだけ新しく、ほかの動物の絵はかなり色あせている。佐伯は、うさんくさそうにアーケイドを見まわした。

「こんなに狭い場所に、これだけの種類の動物がいるのかなあ。上野の動物園並みじゃないか。あやしげな話になってきたなあ」

「ともかく、入ってみましょうよ」

今度は、女の方が乗気になって、彼の腕をひっぱった。

入ってみると、たしかに、絵に描かれてあった動物は全部いたのである。ただ、狭い場所に珍しい動物ばかり、これでもかこれでもか、といった具合に詰めこんであるので、いかにも余裕のない感じだった。それに、ゾウもキリンもカバも、みんな一匹だけである。

カバは、狭い煖房室の中に、箱詰めにされたような身動きのとれぬ形で横たわって、首だけ傍の水槽の水の上に突出していた。

「なるほど、みんないるね。だけど、こう窮屈じゃ、たのしめないな。水族館の方がよっぽどいいや。あのカバなんて、まるで二日酔いの男が、センメンキに首をつっこんで苦しがっているみたいな恰好だ」

すると、女（という言い方は殺風景だから若い奥さんと呼ぶことにする）は陽気な声をたてて笑った。園内を一巡りしたころには、彼女の気分はすっかりほぐれて、佐伯を友だちのように扱いはじめた。

ライオンの檻の前に立札があって、「あまり近よるとオシッコをかけることがありますからご注意ください」と書いてある文字を見ても、若い奥さんは、

「あら、ずいぶんガラのわるいライオンねえ」

と、屈託のない声でいうようになった。

その機を逃さず、彼は、どういう種類の考えごとに沈んでいたのか、彼女に問うてみようとおもった。毎日、水族館の魚のいない水に向って思い悩んでいた女の考えごとなのだから、風

変りなものかもしれぬ、と期待していたのである。

冬の日は、暮れるのが早い。四時半になると、閉園のベルがながながと鳴りひびく。

二人はベルの響に追い立てられるように、砂まじりの柔らかい道を肩を並べて歩いていた。

若い奥さんは、彼の問にぽつりぽつり答えはじめた。

「あたしが、赤ん坊を抱き上げるでしょう。そうすると、赤ん坊の軀に触れている腕の皮膚が赤く腫れ上るの。赤ん坊を離すと、まもなく、すうっと腫れが引いてしまうの」

「ちょっと待って。腕が腫れるんですって、いや、それより赤ん坊て、どこの赤ん坊なんです?」

「二ヵ月ほど前に、あたしのところへ赤ん坊が飛込んできたの。もちろん、あたしが生んだわけなのだけど、なんだか不意にコウノトリがくわえてきて置いていってしまったような気持なのよ」

と、彼女は語りはじめた。それによれば、一年ほど前、彼女は十歳ばかり年上の会社員と結婚した。高校を卒業したばかりの彼女を嫁がせることに、両親がなぜか大そう熱心だった。彼女自身が立てていた計画も、とうとう両親の熱心さに押しつぶされてしまい、きらいでも好きでもない相手の男と結婚したのである。

相手の男は、彼女が気に入っていて、女学生気質の抜け切らぬ若い妻を、大切にとり扱った。彼女は、しだいに新婚生活というものに馴染んでいったが、しかし夫にたいしての気持は相変らず好きでも嫌いでもない、生温かいものだった。

直ぐに、彼女は身ごもった。子供を持つには早すぎる、と彼女は考えたのだが、夫がそのまま生むことを強く主張した。夫は、自分にたいしての妻のあいまいな気持を感じ取っていて、子供をもつことによって彼女の不安定な気持を定着させよう、と考えていたのかもしれない。

この際も、結局彼女の方が自分の考えを引込めてしまうことになった。そして、やがて赤ん坊が誕生した。

「それで、その赤ん坊を抱くと、腕が腫れる、というわけなの」

「赤ん坊の軀に触れている皮膚の神経の末端が、どうにかなるのですね。一時的に炎症を起すかどうかするわけだ。むかし、殉教者がキリストのことを思いつめると、皮膚に赤い色の十字架があらわれることが、本当にあったそうですね。それも、あなたの場合に似た症状だったのでしょう。だから、あなたは、きっと赤ん坊を抱いた瞬間に、なにか烈しく思いつめることがあるのでしょう。それが、皮膚に影響を及ぼすというのは、つまりあなたが、いま流行の言葉でいえば、アレルギー体質なのですよ」

「思いつめるって、だけど、どんなことを。……そうなのね、だからあたし毎日、水族館の薄暗い中に立って、ぼんやり考えこんでいたわけなの」

「それで、赤ちゃんは、いまどうしているの」

「お昼寝しているあいだに、家に鍵をかけて出てきたの。だから、今ごろは家の中で泣いているかもしれないわ」

「赤ちゃんを憎んでいるのではないのかな」

「………」

「ご主人と二人きりの生活の中に闖入してきた余計なものという」

「だから、抱くと腕が腫れるのかもしれませんわね。離せば、じきに治ってしまうのですから。だけど、あなたの言葉でいえば、主人もあたしの人生の中に飛びこんできた闖入者ということになるかもしれないわ。あたしには、自分で一人立ちする仕事についての夢があったの。どういう仕事かは、笑われると恥ずかしいから、いえないわ。その夢を守り通せなかったあたしが悪いのだけど。あたし、主人をきらいじゃないつもりなの」

林の中の道は、えんえんとつづいていた。林の中には、赤い屋根や瓦屋根やいろいろの家屋が散在していた。二人は砂まじりの土を踏んで、ゆっくり歩いていった。話に気をとられているので、風景は二人の男女の横をゆっくり掠めて通り過ぎていった。

若い奥さんが、道の端に寄って、一軒の西洋館の玄関の前に立ったときにも、佐伯はうっかりしてその後に従った。彼女は佐伯の方を向いて、ちょっと身振りをしかかったが、彼が立っているので、玄関の扉へ向き直った。

背をかがめた彼女がポケットから出した合鍵でガチャガチャ鍵穴を探っていると、不意にポーチの電燈が灯った。電燈の光で、あたりの夕闇の色が際立った。

次の瞬間、扉が内側から開かれた。佐伯は若い奥さんを間にはさんで、一人の男と向い合ってしまった。それは、いうまでもなく彼女の夫である。恰幅のよい、背の低い男である。

「あら、きょうは、お早いのね」

「いつもと同じ時刻に帰ってきたのですよ。家の中は、暗くなったままだし、赤ん坊は泣いているし、困ったことですね」

男は、感情を圧し殺した声で、子供を教え訓すような丁寧な口のきき方をした。その口調が、ひどくべたべたと陰気に聞えた。男は相変らず突立ったままで、疑わしげな眼を隠さずに佐伯の顔を見詰めると、言った。

「それに、この若いかたは、どなたなのですか」

「さっき、ちょっとそこで、はじめてお会いした知らない方なの。医科の学生さんなので、あたしの腕の腫れることを御相談しながら歩いてきたところなの」

その無器用な嘘のために、佐伯は彼女との間に秘密な事柄ができてしまっている錯覚に捉えられかかった。

「そこらで、ちょっと会った知らない人に、あなたはそんなことを打明けて相談するのですか。まあ、いい、あとでゆっくり話を聞きましょう」

男は、佐伯の方へ向き直って、改まった口調でいった。

「君、はやく帰ってくれたまえ。ドアを開けたら、自分の妻のうしろに知らない男がくっついて立っていた、なんて、こんなバカげたことは滅多にあるものじゃないだろう」

「なにも、お宅まで来るはずじゃなかったのですが、僕はここらの地理に暗いもので、気がついたら、あなたと向い合って立っていたというわけです」

「僕に見られないで、帰ってしまっていたら、その方がよかったということか」

「べつに変な意味はないのです。奥さんが説明されたことが、だいたい本当のところですよ。なにしろ、僕はまだ奥さんの名前も知らないのだから」

「名前はヒサ子というんだ。いや、そんなことはどうでもいい。いまいましい男だ。はやく帰ってくれたまえ」

眼の前の青年が糸口となって、思いがけぬ事柄が繰りひろげられるのを知ることを恐れている臆病な気持が、男のせき込んだ口調にあらわれていた。

「それでは、電車通に出るには、どう行ったらいいのでしょう。なにしろ、僕は冬休みのあいだこの町の親戚の家に厄介になることにして、やってきたばかりなので、さっぱり土地不案内なのです」

「それは君、本当の話かい。この町へ来たばかりなんて。電車通までは、あちこち曲ってかなりあるんだが」

「とにかくなんとかして下さい。奥さんに送ってもらうわけにはいかないでしょうから、あなたが送って下さるか、地図を書くかしてください」

佐伯は、痛くない腹を探られている腹いせに、わざと執拗に頼んだ。男は、二、三度口を開けたり閉めたりしたが、

「冗談じゃないよ、君。勝手に探して帰りたまえ」

という声とともに、佐伯の眼の前に、貝殻が蓋を閉じるようにピタリとドアが閉された。

地理に暗い、といった佐伯の言葉は嘘ではなかった。彼は卒業論文をまとめるため、静かな環境にある親戚の家に泊めてもらっていた。

しかし、このような具合では、論文のほうは一向に進みそうもない。

その翌日も、午後三時になると、彼はそわそわしはじめた。この時刻に外出するのが習慣になってしまったのである。

オーバーを着て外へ出ると、足は自然に遊園地の方角へ向うのだ。

その日は、若い奥さんの姿は、とうとう現われなかった。佐伯は、額をガラスに押しつけるようにして、緑色の水のなかを覗いてまわった。すると、一つの水槽では、昨日までたしかに魚がいなかったとおもうのに、奥の岩の間からオコゼが一匹、ふらふらと泳ぎ出てきた。彼が額をくっつけているガラスのすぐ向う側まで泳ぎ寄ってきて、その出っ張った眼を彼の顔の前でぐるぐる回した。

「いくら待ったって、だれも来ないよう」

と、その小さな魚が彼を嘲弄（ちょうろう）しているように、ふと思えたりする。しかし、彼はその次の日も、またその次の日も、三時になると家を出て水族館に足を運んだ。それは、意固地になって同じことを繰返しているようでもあったが、同時に、あの若い奥さんが必ずもう一度この水族館にやってくるに違いない、という確信が彼にはあったからだ。

はたして、四日目、水族館のコンクリートの床を踏むサンダルの音が館内に反響して、彼の耳にとび込んできた。

「あら、ここでお会いできるとは考えていませんでしたわ」

「僕は、考えていたのです」

「この前のときは、ほんとうに失礼しましたわ。主人が乱暴なことを、いったでしょ。そのくせ、あたしにはあんな具合に生ぬるい調子でしかものが言えないの。いっそ、はっきり怒ってくれた方が、よっぽどいいのに」

「あなたが逃げ出してゆくのを恐れているからですよ」

「あんな性格なのね。だけど、お会いできてよかったわ、聞いていただきたいことがあるの」

「僕は医科の学生じゃありませんけどね。だけど、ここでお会いできるだろうと、待っていたんだ」

「あたしを待っていてくださったの？」

「あなたを待っていたのか、あなたの腕がどうなったか知ることを待っていたのか、そこらはどうもはっきりしないのだが」

「その腕のことなの、聞いていただきたいのは」

と、若い奥さんは説明をはじめた。

あの夜、彼女の夫はもう一度、その日の行動について、説明を求めた。今度は、彼女は本当のことを筋道を立てて話した。水族館の薄暗がりの中に佇んで考えに耽っていると、大学生に声をかけられたということ。彼女の弁明には、夫が信じなければ信じないでもかまわないという投げやりな調子が、しだいに混じりはじめた。

夫は、どこか腑に落ちぬ顔つきを残していたが、それ以上追求しなかった。

翌日から、彼は早速家政婦をやとった。赤ん坊の世話をすることから、彼女を解放するために、と彼はいうのだが、そればかりの理由ではないであろう。そして、夫の態度は、ますます親切になった。会社から戻ってくると、毎晩のように彼女を気晴しに外へ連れ出した。海の見える斜面に建っているホテルの食堂へ夕食に行ったり、ロードショーの映画を観に連れて行ってくれたりした。

そして、昨夜は、彼女をキャバレーへ誘った。

夫が会社の社用で行きつけの店とみえて、女給たちは夫にむかってお世辞をいった。

「まあ、このかたがご自慢の奥さまね。ずいぶんお綺麗ね」

「とっても可愛いわ、どうしても奥さまとは見えないわ」

彼女には、そのような言葉で彼女が慰められていると考えている夫の気持が、不愉快だった。男のための遊び場へきて、そこで働いている女性にそのような言葉をしゃべらせている自分が心苦しかった。そして、自分を連れてきた夫の神経が疎ましかった。

やがて、夫は彼女をフロアへ連れ出してダンスをはじめた。狭いフロアで踊るのに、夫は難しい凝った足の運びをいろいろ試みた。そのことも彼女の気分に障った。この夜は、夫のやり方の一つ一つが彼女の気持と食い違ってしまうのだった。

そのうち、不意に彼女は、夫の背にまわしてその軀をかかえている腕に異常を覚えた。それは、彼女が赤ん坊を抱いたときに腕に覚えるあの感じと、そっくり同じだった。もはや、腕をむき出しにして調べてみるまでもなく、彼女の腕の皮膚が赤く腫れ上っていることは明らかだった。

夫は何曲もつづけて踊った。彼はダンスが自慢なのだ。その間、彼女は黙って腕の異常感を我慢していた。

幾つかの演奏が終って、やっと夫は彼女の軀を離した。もとのボックスに腰を下してしばらくすると、彼女の腕の異常感は潮が引くように消えてしまった。

「この前のあなたのお話のように考えると、いまお話したことは、あたしが夫を心の底では憎んでいる証拠ということになりますわね」

佐伯は、なぜかちょっと狼狽して、話の焦点をすこしずらせた。

「一度、あなたの腕の腫れたところを見てみたいな。僕の冬休みも、もうそろそろ終りになるし」

「それなら、この前みたいにあたしと一緒に家までいらしたら。赤ん坊を抱いてみせてあげるわ」

「そういうわけにもいきませんよ。へんなやつが知らない間に、また家の中へはいりこんできて行った。

閉園を告げるベルが、鳴りひびきはじめた。二人は、ちょっと顔を見合せて、門の方へ歩いていた。

林の中の砂まじりの道を佐伯はしばらく彼女と肩を並べて歩いた。路上には、人影が途絶えていた。

「やっぱり、僕はあなたの家へは行きませんよ」

不意に、佐伯がいった。若い奥さんは立止ると、彼の眼をじっと見た。そして、ゆっくり両腕を持ち上げると、静かに彼の胴のまわりに回した。

輪の形にした腕の中に彼の軀をかかえ込むと、彼女は両方の手を握り合せて、ゆっくりと彼の軀を締めつけた。

「あなたの軀なら、あたしの腕は何ともないわ」

若い奥さんは、彼の耳もとでささやいたが、次の瞬間、

「あらッ」

悲鳴のような声を彼女は発すると、にわかに両腕を解き放した。そして、その腕を背後にまわして、彼の眼から隠そうとする様子を示した。

「どうしたのです」

「へんなの、腕がへんなのよ」

彼は、その腕をねじり上げるようにつかむと、素早く衣服の袖をまくり上げた。迫ってくる夕闇の仄白い光の中にあっても、その裸の腕は、赤く腫れ上っているのが見えた。若い奥さんは、彼の手から自分の腕をもぎとるように奪い戻して、衣服の下に隠した。そして、口早に繰返した。

「ちがうのよ、あなたを憎んでなんか、いるわけはないわ。分って、ちがうのよ」

「………」

「そう、分ったわ。きっと、そうよ。あたしの気持が烈しく揺れ動いているとき、あたしの腕がこうなるのよ。今度はあなたに説明してもらわなくてもいいわ。そう、きっと、そうなのよ」

若い奥さんの言葉を聞いて、佐伯は動揺した。彼は自分の中で烈しく揺れ動いているものを見詰めた。ちょっとしたキッカケで、それは思わぬ方向に雪崩れ落ちて行きそうに見えた。

彼は考えを定めるのに、一つのことを自問自答してわざと時間をかけた。「この数日間、オレはあの水族館の薄暗がりの中で、何を待っていたのだろう。この若い奥さんをか。あるいは、その異常な腕の症状について知ることを、か」そして、ポケットから煙草を出して、火をつけた。やがて、冷静な言葉が、佐伯の口から出ていった。

「そう、あなたのおっしゃる通りですよ。アレルギーの発作が起るのは、神経がデコボコになってしまったときなのだそうですからね」

しばらく沈黙がつづいた。やがて、彼は熱心なまた慈しむような口調で、彼女にたずねた。

「この前、あなたは自分で一人立ちする仕事のことについて、おっしゃっていましたね。はずかしいから、といって、その仕事の名を教えてくれませんでしたね。いま、それを教えておいてくれませんか」

彼女は黙って手を伸ばして、佐伯の指の間から煙草をつまみ取った。その煙草を自分の唇に持って行って、深く煙を吸いこんだ。そして、吐き出す煙と一緒に、ぽつりと答えた。

「絵を描いていましたの」

そして、また煙草を唇に寄せて、吸った。そのとき、彼女の片方の眼に煙がしみた。片方の眼だけ潤んで見開かれている様子が、あたりはもうずいぶん薄暗くなってしまっているのに、なぜかはっきりと、なまなましく佐伯の眼に映った。

# 白い神経毬（しんけいきゅう）

小針浩は、K市にきていた。コンクリート建の病院の四階の個室に入って、四日が経っていた。

彼は、馴染み薄いK市の裏街を歩いていた。道の上に、落葉がそのままに残って、肌寒い気候だった。彼は学生服の上にレインコートを着て、病室を脱け出してきたのだ。

見知らぬ街を、彼はでたらめに歩いて行った。厚いコンクリートの壁の中から脱け出して、ぶらぶらするのが目的だった。道の左側に、背の低い柵がつづいて、柵の向う側は学校の運動場になっていた。

柵をまたいで、彼は運動場に歩み入った。日曜日だった。人影のない、正方形にひろがっている運動場の対角線の上を、彼はゆっくり歩いて行った。ポケットからタバコの袋を取出して、口つきタバコの朝日をくわえた。そのタバコは、すこしも美味しくなかった。紙くさい苦い味が、舌の上に残った。そのために、却って、彼はこの数日間、そのタバコばかり喫っているのだった。

タバコの煙を吸いこんで、彼ははげしく咳きこんだ。気管支が不機嫌になってきた。もっとひどくなると、ゼンソクの発作が起るのだ。夕方になっていた。四方を山で囲まれているK市では、いわゆる大陸性の気候だった。日が沈みかかって、みるみる気温が冷たくなってゆくのを、彼の皮膚の気管支の壁が敏感に感じ取っていた。そして、気管支が異常分泌をはじめた。

運動場を歩み抜けて、校舎へ這入った。彼は、手洗所を探し、タンを吐いた。人気のない薄暗い校舎で、彼は、小学生の頃の先生の洋服のにおいを思い出していた。大学生になってからも、先生と呼ばれる人間に会うと、そのにおいを思い出した。

K市は、彼の健康には苦手の都市だった。彼の恩師が、K市の学校に転勤になっていたので、前の年、旅行の途中、彼は恩師を訪ねた。恩師は、町外れの、山の麓の小さな家の離れに一人住いをしていた。恩師の部屋で夕食をご馳走になって間もなく、彼は烈しい睡気に襲われた。この睡気はゼンソクの発作の前兆である。外界にたいしての関心が全く遮断されて、すべて内側に巻きこまれてしまい、こんこんと二時間ほど眠ると、烈しい発作が襲ってきた。

呼吸困難の状態が、一昼夜半つづいた。肩と背中を波打たせて喘ぎつづけるばかりで、液体も喉を通らない状態がつづいた。

二日目の朝、恩師が彼の枕もとに立って、訊ねた。

「君、なにか帰りに買ってきてほしいものはありませんか」

彼は、ある薬の名を言って、もしもその薬があったら、買ってきてほしい、とあえぎあえぎ言った。すると、語学教授である恩師は、

「君、大分よくなりましたね。昨日までは単語ばかりだったけど、今朝はセンテンスが出ましたからな」

と言った。

そのK市の病院に入院するために、彼は旅してきた。その病院で、発作が起らないようにする新発見の手術を試みている、という話を聞いたので、彼はK市にきた。K市と彼の住んでいる都市とは、数百キロメートル離れていた。遠く離れていることが、彼の気に入った。彼は彼の住んでいる都市から逃れ去るようにK市へやってきた。そして、手術を受け、新しい心持になって、元の都市へ戻って行くつもりだった。

K市から、彼は退学届を学校に送った。元の都市に戻る時には、そこで新しい仕事が待っている筈だった。その仕事に耐えられるようになるためにも、彼は手術を受けなくてはならなかった。

薄暗い校舎を抜けて、正門に出ると、広い表通りだった。みどり色の市街電車に乗って、彼

は病院へ戻って行った。

四階の病室のドアの前に小針浩が立って、ノブに手をかけようとした時、背後に人の気配を感じた。

振返ると、阿佐子が彼のうしろを通り過ぎようとしていた。

「君、ここで何をしている」

と言ってから、彼は、阿佐子の髪が、見覚えのない形に結われているのに気付いた。いや、阿佐子がこの病院の廊下に立っている道理がないことに気付いた。彼は阿佐子から数百キロメートル離れて、K市にきた。そして、そういう彼を、阿佐子は追いかけてくる筈がないのである。

「失礼しました。人ちがいをして」

彼は詫びた。女は、眼と眉のあたりが煙ったような捉えにくい表情をみせて立ち止っていたが、ふっと笑いのかげが射した。

「おどろいたわ。あなたこそ、何をしていたの。看護婦さんがわたしのところへ訊ねにきたわ、隣の病室の患者さんどこへ行ってしまったのでしょう、といって」

「君、となりの病室にいるんですか」

「そうよ、だけど、患者じゃないわ。看護婦さん、怒っていたわよ」

「今日は、日曜日で、検査は無い筈なんだがな」

三日後に手術がおこなわれる予定で、それまでの日々いろいろの検査を彼は受けていた。新しい検査の度に、看護婦が彼を呼びにきていたのだ。

女は、不意にいたずらな表情をのぞかせて、

「どう、街は、面白かった?」

「面白いようなところは、歩かなかった。なんだか、人通りのない裏通りを、ぶらぶらしていたんだ」

「そう。わたし、もう長い間、街へ出てみないわ」

「なぜ」

「看病でいそがしいの。じゃ、さよなら」

と、彼女は、彼の傍を離れた。彼はぼんやり立止ったまま、彼女の姿が隣の病室の中に消えてゆくのを眺めていた。

翌日、小針浩を看護婦が呼びにきた。

「ちょっと苦しくなるかもしれないけど、すぐ治るからね」

と、看護婦は言いながら、注射器の薬液を彼の軀の中に注ぎ込んだ。そして、がらんとした

部屋の木のベッドの上に、彼は仰臥させられた。

胸の中が重苦しくなり、その苦しさがしだいに強くなってきた。呼吸困難が起り、木のベッドの上で、彼は身をもむようにして、その苦しさに耐えた。

看護婦はベッドの横に立って、しばらくの間掌の中の時計と彼の様子とを見比べていたが、別室に姿を消してしまった。彼は、がらんとした部屋に一人だけ残された。

苦しさは、依然として続いていた。おもわず、顔が歪んだ。額から胸まで、じっとり汗が滲み出していた。先刻の薬液は、発作を人工的に引起すためのものであることに気付いて、彼はいまいましい気分になった。しかし、薬液の効力がつづいているかぎり、彼は木のベッドの上で身をもだえ顔を歪めつづけなくてはならなかった。

ようやく、苦しさが薄らぎはじめ、間もなく、拭い去ったように消えて行った。彼は片手に握りしめていたタオルで、汗にまみれた顔を拭った。タオルから顔をはずし、何気なくドアの方に向けた彼の眼に、思いがけぬものが映った。

半開きになったドアと柱との空間に、佇んでいる女の姿が見えた。阿佐子に似た、隣の病室の女である。彼と視線が合うと、彼女は眼を伏せ、いそいでドアの陰に軀を隠した。そのため、彼はその表情を捉えそこなった。彼女の眼が、どういう光をたたえて、彼の苦しんでいる様子を眺めていたか、不分明だった。彼女の両手が、胸の前でしっかり組合されていたようにもおもえるのだが、それもあやふやだった。

阿佐子にそっくりの顔に、彼自身の苦悶の様子を覗き見られたということが、彼の心を傷つけた。

診察室を出て、長い廊下を歩いている途中で、向うから歩いてきた隣室の女と、彼は向い合せになった。

「君、見たな」

オバケ映画に出てくる老婆のような口ぶりで、彼は冗談めかして言って見た。その老婆というのはじつは牝猫で、夜中にあんどんの油を赤い舌を出して舐めているところを、覗き見されるのである。

彼女は立止って、彼を見た。眉と眼のあたりが煙ったようになって、捉えがたい表情がただよっていた。

「君、覗き見はいけないじゃないか」

「だって、わたし、お薬もらいにきたら、ドアがすこし開いているんだもの」

「それで、どんな気持がした」

「どんなって、なんだか、ドキドキしちまった」

「面白かったんだな」

「面白いなんて」

「男が苦しんでいるのを見るの、はじめてなんだろ、顔を歪めているのを見るのは」

不意に、彼は自分の言葉が官能的なひびきを帯びてきたのに気付いた。ほとんど初対面にもひとしいこの女にたいして、ひどく執拗になっているのにも気付いた。

しかし、彼女はいちいち忠実に、彼の言葉に応答するのだ。

「はじめてじゃないの。いま、わたし、兄の看病をしているのだけど、ひどく苦しむの。結核だけど」

彼女と別れて病室に戻った彼は、依然として、覗き見した彼女にこだわっていた。彼女を追いつめて、その顔に彼と同じ苦悶の表情が浮かぶまで、攻めさいなまなければ気が済まぬ。そういう兇暴な気持に捉えられるのは、きっと彼女が阿佐子と瓜二つの顔立ちをしているためにちがいない。

しかし、現実の阿佐子にたいしては、彼の態度はその逆なのだ。彼は、阿佐子から数百キロメートルの距離を逃げ出してきたのだ。そして、手術台の上に軀を横たえて、メスを当てられようとしているのである。

部屋に入ってきた看護婦に、彼は訊ねてみた。

「隣の病室にいる女の子、何という名前なんだろう」

「あら、もう眼をつけたの。きれいな人でしょう。アヤ子さんというのよ」

「兄さんが大分悪いようだね」

「ずいぶん、くわしいのね。だけど、兄さんじゃないわ、恋人というのかしら、いいなずけというのかしら」

看護婦は、彼の顔をみて、軀を折り曲げるようにすると、くっくっ、と笑い声を立てた。

二日後の午後、小針浩は、手術室の金属の台の上に横たわっていた。

頸の部分だけに、局所麻酔がほどこされた。頸は右に捩じ曲げて固定されていた。そして、頸の左側にメスが入れられた。白いマスクと帽子を付けたたくさんの顔が、彼の頸の上に集って、切り裂かれた肉の中を覗き込んだ。

頸動脈が二つの枝に分れている。その分岐点に、白い米粒ほどの神経のかたまりが付着している。そのかたまりを取り除くのが、手術の目的である。

つぎつぎと奥深い新しい部分が切り開かれてゆく。ときどき、眼の奥とか奥歯とか、思いがけぬ部分に、鋭い痛みが走った。

「おかしいな」

「見当りませんね」

「ここにある筈なんだが」

彼の頸の上に集っている白マスクの顔が、私語し合う声が、彼の耳に聞えてきた。

「どういうわけかな」

「たしかに、ここの筈だが」

「どうしましょう」

どうしましょう、このまま、また蓋をしてしまいましょうか、という気配を、彼は感じ取った。

「まあ、もうすこし」

「しかし、ふしぎだな」

「あ、あった、あった。こんな裏側のところに隠れていた」

その声を聞いて、手術台の上で彼の軀のこわばりが、ようやくほどけていった。

病室に戻って、しばらく仮睡してから、彼は眼を大きく見開いた。一週間後に、もう一度、右側の頸動脈の分岐点にある白い神経のかたまりを取り去る手術を受けなくてはならない。しかし、ともかく、片側の白いかたまりは、軀の中に無くなってしまったわけだ。その白いかたまりが、彼を過敏な体質にしているという考え方なのだから、そのかたまりが半分無くなったいま、彼の感じ方はいままでと違ったものになっているかもしれない。

彼は眼を大きく見開いて、周囲を見まわした。しかし、あたりにあるものは、病室の白い壁だけだった。

食事を持って、看護婦がはいってきたとき、彼はその顔を眺めまわし、

「やっぱり、同じ顔をしている」

と、呟いた。

「同じ顔でわるかったわね。よしてよ、薄気味わるい。ひとの顔をじろじろ見て」

「いや、相変らず愛嬌のある顔をしているよ、君は。神経のかたまりを取ったので、少しは、いろいろのことがちがって見えるのじゃないか、とおもってね」

「そういえば、小針さん」

看護婦は、笑顔をみせて言った。

「あんたはおかしな人ね。あんたの頸動脈毬は、とってもおかしな恰好をしていたそうよ。米粒みたいなのが二つくっついた形になっていて、動脈の分れるところの裏側に、馬乗りになっていたそうよ。珍しいから、アルコール漬にして、保存しておくという話だわよ」

そういうおかしな恰好をした神経のかたまりが、軀から取り除かれたのだから……、と彼はもう一度考えた。もし、いま、隣室の女の顔をみたら、やはり阿佐子に似ていると感じるだろうか。

「どんな具合かな。やあ、大分、腫れているね」

K市の学校で、語学教授をしている恩師が、小針浩の病室を見舞った。白いホータイを頸に分厚く巻いて、彼はベッドの上に坐っていた。

「なにか、ふしぎな手術のようだね」

「頸のところから、神経のかたまりを取るのです」

「それで、すっかり、よくなるのかな」

「いろいろ説がありましてね、どうなるかよく分らないのです」

「しかし、何もしないよりは、いいだろう。それより小針君、そのコップをちょっとこっちへ渡してくれたまえ」

彼が、空のガラスのコップを渡すと、恩師はポケットを探って、鮮やかに彩色された細長い小さな棒をつまみ出して、コップの中に入れた。赤と緑と白と黒の横縞模様の細長い棒は、水中花のように空のコップの中におさまった。

恩師は、さらにポケットを探って、大小さまざまの形状の、さまざまに彩色されたものを、つぎつぎとつまみ出し、コップの中に入れた。先端がするどく尖ったものや、ずんぐり丸くなって、そこだけ赤く着色されたものや、たくさんの色彩がガラスのコップの中で入り乱れた。

「どうだ、きれいだろう」

「ウキですね」

「そう、ウキだ。魚を土産に釣ってきてあげようとおもってね、出かけたんだがあいにく昨日は雨でね。まるで不漁だった。そのかわりにウキを買ってきた」

恩師が帰ってから、小針浩は、にわかに海が見たくなった。

ガラスのコップから、白と黒のだんだら縞の細いウキを一本抜き出して、指先でもてあそびながら、彼は屋上へ登って行った。

屋上は閑散としていた。隅の方で、白いセーターの女が、柵に身をもたせかけて、風景を眺めていた。うしろ姿で、その女がアヤ子という隣室の女であることが、彼には分った。

彼はその傍に歩み寄り、彼女と並んで、風景に眼を放った。さまざまの建物がでこぼこの線を示している向う側に、青黒い海がすこし覗いていた。

彼は、頸をまわして、傍の女を見た。視線が合った。女は、やはり、阿佐子と見まがうほどよく似た顔をしていた。

「お兄さんの具合はどうですか」

と、彼は訊ねてみた。彼女は答えない。彼の様子を眺めて、

「頸、ずいぶん腫れているわね。苦しい？　わたし、あなたの悪いところ、全部見ちゃったわけね」

返事をするかわりに、彼は不意に彼女の手首を握ってその軀を引寄せた。その軀は、もろく、彼の方に崩れてきた。明るい、さわやかな少女の匂いがした。彼は女の唇を、唇で襲った。意外にも、彼女の舌が、彼の唇の中にもぐり込んできた。

軀を離すと、

「君に、アクセサリーをあげよう」

と、彼は、白と黒のだんだら縞のウキを、彼女のセーターの胸に刺し込んだ。そして、彼の指は、彼女の胸のふくらみの上に、しばらくとどまっていた。

彼女はにわかに身をしりぞけると、

「わたしが、どんなにわるい子か、あなたには分らないのだわ」

と呟くと、身をひるがえして走り去った。彼は柵によりかかって、もう一度、青黒い海を眺めた。彼はおどろいていた。いまの行為が、彼自身にとっておもいがけないものだったのだ。彼は阿佐子のことを考えていた。阿佐子にも、いいなずけがいる。阿佐子から数百キロメートルも逃げ出さずに、さっきのように思い切って大胆な行動に出れば、彼女をいいなずけから引離すことができたのだろうか。

しかし、もう阿佐子のことは考えまい。K市からもとの都会へ帰ったときには、新しい仕事が待っているのだ、と彼は自分に言いきかせた。そして、病衣のたもとから朝日を取出して口にくわえた。紙くさい、苦い味が彼の舌にしみわたった。

二度目の手術の翌日、小針浩は、頸をまわすことも曲げることもできず、じっとベッドに仰臥していた。

病室の前の廊下を、足音がひんぱんに往き来していたが、人声は全く聞えてこなかった。静寂の中で、ぴたぴたと床を踏む草履の音、靴音、ドアを開閉する音がつづいた。

不意に、ものの爆ぜるような音がした。

間もなく、その音は、女のすすり泣きの声に変った。隣室で、幾人かの女が泣いているのだ。

彼の部屋の戸が、ノックされた。看護婦が、紙片をもって入ってきた。

「デンポーよ」

彼に手渡すと、看護婦はちょっとの間床の上に佇んで、隣室の泣き声に耳をかす様子だった。

「死んだんだな」

「そうね」

看護婦は、黙って部屋を出て行った。先刻の爆ぜる音は、隣室の病人が息を引取った瞬間に、女たちの口から一斉にほとばしり出た泣き声だったにちがいない。

すすり泣きの声は、ながながとつづいた。彼は、阿佐子に似た女が醜く顔を歪めて泣いている、と考えた。その苦痛に歪んだ顔に、阿佐子の顔が重なった。

彼はしばらくの間、その歪んだ二つの顔を、手もとに引きとめておいて、執拗にもてあそんだ。木のベッドの上で、薬液を注射されて苦悶している彼の顔を、隣室の女が覗き見たときのことを彼は思い浮かべた。彼が苦しんでいる顔を、隣室の女も、そして阿佐子も、見てしまった。そして彼の方は、いま、彼はすすり泣きの声に耳を開いて、執拗に彼女たちの重なり合った顔をもてあそんだ。

やがて気が付くと、彼はデンポーの紙片を手に持ったまま、まだ開いていなかった。

そのデンポーには、彼が大学を中途でやめて、勤めることにきまった会社からの仕事の指令が記されてあった。K市のはずれに、走高跳で日本新記録を作った女子スポーツ選手が住んでいる。その選手を訪問して、インタビューの記事を書くのが、指示された彼の仕事の内容だった。

彼はベッドの上に坐ったまま、頸をすこし動かそうとした。しかし、その頸は、胴体の上につくりつけられているように、すこしも揺がなかった。

明日になったら、あるいは明後日になったら、と彼は考えた。学生服を身にまとい、レインコートにくるまって、傷ついた頸を毀れもののように胴体の上に載せて、彼はみどり色の市街電車に乗るだろう。そして、逞しい筋肉と、頸の張った顔をもった女子選手に会いに行くだろう。

隣室のすすり泣きの声は、依然として続いていた。小針浩は、写真で見たことのある中性的な骨相の女子選手のイメージを割り込ませて、隣室の女、阿佐子そっくりの顔をもった女のイメージを、向うの方へ押しのけるように、払いのけるように、ベッドの上で二三度軀をもみ、軀を揺すぶった。

# 人形を焼く

　広い部屋の中央に椅子を置き、その椅子に腰かけて、三田は井村の帰宅するのを待っていた。

「井村さんは、もう間もなく戻ってこられます」

　学生服の青年がそう告げて姿を消してしまい、三田がこの部屋に取り残されてから、一時間が経っていた。その一時間のあいだに日没の時刻が近づき、部屋の中は薄暗くなってきた。

　三田の傍に直立している裸の女体のすべすべした肌が、薄暗い空間の中に青白く浮かび上ってきた。板敷の床の隅には、もぎ取られた腕や脚が四、五本、積み重ねられていた。

　傍の女体の肩のあたりを、三田は指先で撫でてみた。乾いた冷たい触感がつたわってくる。片腕を下へ伸ばしてその指先をちょっと反らせ、もう一方の腕は肘のところで軽く曲げている。唇は笑いかけてくるようにやや開いているが、眼は笑っていない。細いつめたい鼻梁の線。われ目の無い、よそよそしい局部。

部屋は静かで、物音一つ聞えない。三田は何かを思い出しかかっている気分だが、頭の中のものは纏った形を成さない。退屈なような、そのくせ何かが起りそうな予感に捉えられかかっている時間が過ぎて行った。

不意に、天井の電燈が点った。強い明るい光が、部屋の中に行きわたった。

扉が開いて、ホームスパンの背広を着た男が入ってきた。

「おや、来ていたのか」

「君の家へ行ってみたら、こっちの方だというんでね」

「待たしてしまったかな。電燈も点けないで……」

「そういえば、暗くなっている」

「考えごとをしていたのか。裸の女たちに取囲まれて」

井村は話しかけながら、三田の傍の女体の腕を握って、ぐっと上へ持ち上げた。きいっと軋る音がして、その白く滑らかに光る腕は上っていった。

「丁度いいところへ来たよ、君、明日にでも連絡を取ろうとおもっていたんだ。今度の日曜にマネキン供養をやる。古くなった人形を海岸に並べて焼き払うんだ。供養はにぎやかに、酒でも呑んで騒ごうというわけさ。酒場の女の子たちも、たくさん応援にくるといっている」

「この人形を焼いてしまうのか」

三田はもう一度、傍の女体の肩に指を触れてみた。

「いや、これは作ったばかりのものだ。古くなったのは、隣の倉庫にいっぱい詰めこんである。それをトラックで、K海岸へ運ぶんだ。どうだ、行くか」

井村は彫刻家だが、副業としてマネキン人形の小さな製造工場を持っている。その人形をデパートや商店に貸出すのだが、彼女たちはすぐに傷ついて戻ってくる。修理が利かなくなった人形は、倉庫に入れられる。その人形たちが倉庫に溢れはじめると、一括して焼却する必要が生じるわけだが、その際に供養という形を取ろう、というのである。

「それは、面白そうだ」

と三田が言うと、井村は、

「それに、朝子君もくることになっている。僕は彼女に惚れているんだ。惚れてしまって、手も足も出ない」

その言葉は、近頃の井村の口癖になってしまっている。朝子とは、酒場Aの女給である。井村がそう言うのを聞くと、三田はうっとうしい気分に陥った。

井村の家を出た三田は、タクシーに乗った。車は十五分ほど走って、アパート風の建物の前に停った。

長い廊下を歩いて、一つの部屋の前で三田は立止った。ドアは鍵がかかっている。ポケットから鍵を出した。錠のはずれる乾いた音がした。ドアを開けると、薄暗い光の中に女の姿が見える。女は黙って、椅子に腰かけている。

「朝子」

「やっぱりここへ来てしまったわ。こんな会い方は厭なのに」

椅子に坐ったまま、女が言った。三田は椅子の前に膝をつき、顔を女の膝の間にうずめる姿勢になって、無言のまま女のストッキングを脱がせはじめた。井村の顔が三田の脳裏を掠め、三田の心がちくりと痛んだ。「僕は彼女に惚れているんだ、惚れてしまって手も足も出ない」と井村が言い出す前に、三田はすでに朝子とこういう会い方をはじめていたのだ。

もしも井村が、「僕はあの子をモノにしてやろうとおもっているんだ」という風な言い方をしたのだったら、

「あれは俺がもうモノにしちまったよ」と気軽に言えたかもしれない。しかし、三田はそのとき、言いそびれてしまった。

そしていま、薄暗い室内の椅子に朝子の裸体が白く坐っていた。

「さっき、マネキン人形を見てきた」

と、三田は朝子の片腕を摑んで、ゆっくり持ち上げていった。

「こうやって腕を持ち上げると、キシキシ音がした」

「こんな会い方は、もう、厭。わたしを道具としてしか考えていないんだから」

三田は答えずに、朝子の片腕を一層高く持ち上げて、腋窩(えきか)に唇を当てた。

「厭」

そう呟きながら、朝子は腕を三田の軀にからみつかせてきた。


マネキン供養の日がきた。

数多くのマネキン人形たちが、K海岸の波打際に立ち並べられた。人形たちは、無機質な、そのくせ妙になまなましく人間を感じさせる肌の色を光らせて、砂浜に並んでいた。

酒宴がはじまった。集っている人たちは彫刻家や画家たちが主なので、しだいに羽目を外した陽気な騒ぎになっていった。彼らが平素行きつけている酒場の女たちも、かなりの人数集ってきていた。その女たちに抱きついて頬ずりする者、裸の人形に抱きついて頬ずりする者。酒宴は、しだいに高潮してきた。

やがて、人々は波打際の人形にシンナーを浴びせかけた。マッチの火が、近寄せられた。

焔(ほのお)が上り、もうもうと黒い煙が上り、人形たちは直立したまま燃えはじめた。火焔につつまれた裸の人形は、容易にはその原形を崩さずに燃えつづける。しかし、やがて肌がぶつぶつ泡立ってきた。肌の上で煮立っているものがあるのだ。揺れ動く焔の中に赤く照し出された人形の顔は無表情のままだが、その肌はこまかい水泡状のものに覆われて、脂汗を流して苦しんでいる。

焔につつまれた波打際の人形たちは、生きて悶えているように見えた。その無表情は、極度の苦痛を押し殺している表情に見えた。その向う側には青黒い海の拡がりがあり、その海が人形たちの方へ押しよせては白く崩れることを繰返した。

「どうだ、なかなか刺戟的な光景だろう」

と井村が三田に話しかけた。

「この人形、何でできているんだ」

「紙さ。柔らかい厚紙を何枚も重ねて、雛型の中へ入れて作るんだ。その上にラッカーを吹きつける」

「紙か」

「紙だよ、三田。何で作ってあるかなんて考えるのはつまらないことだ。この光景は、かなりコタエるじゃないか」

朝子は、三田と井村の間に立っていた。

その時、不意に朝子が喉の奥から異様な声を押し出しながら、井村に武者ぶりついたのだ。

女は兇暴な獣のように、井村に襲いかかった。井村は相手の肩をおさえて押し戻そうとしたが、女の腕には異常な力がこもっている様子だ。

赤い火を背景にして、二つのシルエットが烈しく揉み合っていたが、やがて一つの軀が、にわかに力を失ったように砂の上に崩れ落ちた。それは朝子の軀だった。彼女は砂浜に顔を当てて、泣いているらしい肩の動きを示していた。

井村は黙って立っていた。呆然としているようにもみえ、ふてぶてしく立ちはだかっているようにもみえた。彼のネクタイは引き千切れ、ワイシャツは大きく裂かれていた。

「井村、なにをしたのだ」

「なにもしやしない」

「しかし……」

「何のことか、わけが分らないんだ。不意に朝子君が」

「しかし……」

「おや、三田。君はへんなことを考えているのじゃあるまいな」

井村は当惑した表情をしていた。三田は相手の顔をじっと透し見た。だが、何も分らなかった。もし朝子が自分に襲いかかってきたとしたら、その理由はよく分る。と同時に、井村に隠していた事柄が露わになってしまうだろう。しかし、その方が、疑惑につつまれた情況よりは余程気易いことだ。

三田は、友人の井村を、もう一度眺めてみた。しかし、確実なことは何も分らなかった。

その日から二日後が、三田が朝子に会う約束の日だった。

彼はアパートに出かけて行った。その部屋は、三田が借りている部屋である。彼と朝子とは予め曜日を定めておいて、毎週その曜日にその部屋で出会うことにしてあった。

鍵を外して、ドアを開けた。しかし、薄暗い部屋の中には、人影は無かった。

空しく待った三田は、その部屋を出て井村の家を訪れた。三田を見ると、井村はすぐに言った。

「昨日、朝子君が詫びにきた。人形が焼かれるのを見ているうちに、不意に逆上してしまった、というのだ。自分でもどうしたわけか分らない、のだそうだ」

「しかし、本当に自分でも分らないのだろうか。いや、君は知らないのか?」

「僕が? 知るわけがないじゃないか。朝子君が自分で分らないというのは、本当だとおもうな。心の底に潜在している理由というものは、馴れない人間には探りにくいことだからな」

そして、井村は呟くように言葉をつけ加えた。

「こうなってくると、ますます手も足も出なくなってしまうな。朝子君は僕に弱味をもったことになっているわけだからね……、弱味につけ込むとおもわれるのは、心外だからなあ」

その言葉は、三田にはしらじらしくも聞え、また偽りのない声にも聞えてしまう。

「ところで、朝子君の逆上した理由について、僕が一つ推測を下してみよう」

井村の下した推測とは次のようなものだった。

話を具体的にするために、先年ミス日本に当選したB嬢のことを思い出してみることにしよう。今までのミス日本のうちでも抜群の容姿をもっている、と、彼女の当選が決定したときには言われていた。アメリカで開かれるミス・U・コンテストでも上位入賞は決定的、と噂されていた。

映画会社が彼女に誘いの手を伸ばした。入賞を見越して、彼女の学芸会風の歌謡曲を吹込ませたレコード会社もあった。しかし、コンテストの結果は予想外だった。彼女は予選ではやくも落選してしまったのだ。そして、その日から彼女に向って伸ばされていたすべての手が引込められてしまった。笑顔もすべて仕舞い込まれた。

出迎えの人の姿も殆ど見当らない飛行場へ、彼女は戻ってきた。莫大な借金が残っていた。華やかな夢の破れた彼女は、ファッション・モデルになって働いている、ということである。

もしそのB嬢があの人形炎上の光景を見ていたならば、自分の華やかな夢があえなく破れた経過を、一瞬のうちに思い浮かべたことであろう。そして、それに伴ういろいろの苦痛や不快な記憶も、一斉に浮かび上ってきたであろう。肌が脂汗を泡立たせて、直立したまま燃えている。彎曲（わんきょく）したところが、まず黒ずみはじめ、やがて崩れ落ちる。その人形の姿は、彼女を逆上させるのに十分だ。

「そのB嬢の場合を小型にしたものじゃないか、と僕はおもうんだ。華やかな夢とその崩壊。よくあることさ。それは、よくあることだが、人形を焼くあの刺戟の強さはざらにはない。感受性の強い女が、あの光景を見れば逆上するのも無理はないというものだ」

　と、井村は自分の推測を述べ、

「ところで三田、君はどう考える」

「僕には分らん」

　三田は、無愛想にそう答えた。

　次の週の約束の日には、朝子はアパートの部屋にいた。

「この前は、いったい、どうしたんだ」

「あなたのせいじゃありませんが。わたし、こんな会い方は、もう厭。火の中で焼かれている人形、生きているみたいだった。あの人形がわたしになってしまったの」

「それで逆上して、井村に襲いかかったというのか」

「井村さんじゃない。あなたの筈だった。だけど、眼が昏（くら）んでしまっていて」

そして、女はふと呟くように独り言した。

「みんなで、わたしを駄目にしてしまう」

「みんなで？」

と三田は鋭く問い返した。

「あなたがはじめての男だとは、言ったことがない筈よ」

「君、昔、井村と会ったことはないのか」

「井村さんと？　昔？　そんなことがある道理がないでしょう」

「本当か？」

「本当。あなた、何を考えているの」

三田は口を噤んだ。そして荒々しく女の衣服を剝ぎ取った。

「わたし、もう、厭。こんな会い方をするのは、今日でおしまいよ」

と、また朝子が言った。

「いつも、そんなことを言っているじゃないか」

三田は女を抱いた。朝子は三田に応えながら、

「本当、今日が最後」

と、もう一度繰返した。

朝子のその言葉は、本当だった。毎週の定められた曜日に、三田は空の部屋へ入ってゆき、そのままむなしく待ちつづけることを繰返した。

椅子に腰かけて、三田はじっと待っている。苛立ちを抑えて坐りつづけていると、不意に静かな時間が訪れてくる。その時、朝子の軀のいろいろの部分部分が彼の眼の前に浮かび上り、やさしく彼に語りかけてくる。

そういう時、はげしい欲情と愛憐の情の入り混じったものが三田の心に突き上って、彼はおもわず椅子から立上ってしまう。

三度、三田は空しく待った。酒場Aに行ってみると、朝子はずっと休んでいるという話である。朝子の家を、三田は知らない。

四度目、その日も彼は薄暗い室内で椅子に腰かけて待っていた。階段をのぼってくる足音が聞えた。重い、ゆっくりした、不規則な足音が廊下を近寄ってきて、三田の部屋のドアの前で止った。

ノブが廻って、扉が外側から開かれた。青白いすべすべした光が、戸口にいっぱいになった。一瞬、三田の眼には、不恰好なひどく嵩ばったものが、戸口いっぱいに立ちはだかっているように映った。

それは、裸のマネキン人形を抱えた青年だった。青年は、大切そうにその人形を床の上に置いた。指先を気取った形に反らせた、よそよそしい顔のマネキン人形。青年の顔には見覚えがなかった。

「何だ、それは」

「マネキン人形です」

「それは分っている。それ、どうしたのだ」

「頼まれたから、届けたのです」

「頼まれた？　井村にか」

「井村さん？　そんな名前の人じゃない。山田さんです」

「山田？」

「お宅は山田さんじゃないんですか。注文なさったでしょう」

「注文なんかしない。山田じゃない」

「山田さんじゃないんですか。四階の六号室でしょう」

「四階じゃない。ここは三階だ」

「おや、間違えた。失礼しました」

青年は裸の人形をかかえ上げると、廊下へ出た。三田は青年に追いすがると、その肩を捉えて揺すぶった。

「おい、井村に頼まれたのだろう」

「そんな人知らない。やめてください、人形が毀れる」

「本当に知らないのか」

「本当ですよ」

青年の姿が消えて、再び三田は部屋の中に取残された。三田は、疑惑につつまれて、椅子に坐っていた。いまのマネキン人形は、三田の秘密の部屋を知っていることを、井村が示したものではなかったのだろうか。

欺いているのは井村なのだろうか、それとも自分なのだろうか。それにしても、井村を疑っていることが三田自身の後ろめたさを軽くしていることに、いまは三田は気付いていた。そのことに気付いた三田の心は、再びちくりと痛んだ。

秘密の部屋で、三田が朝子を見出すことは、その後も一度もなかった。酒場Aにも、朝子は姿を現わさなかった。

そして数ヵ月がすぎた。

ある日、三田と井村は街の酒場で出会って、一緒に盃を上げはじめた。その時、井村がふと思い出した口調で言った。

「そうだ、この前酒場Aに寄ってみたとき、朝子君の消息を聞いたよ」

「……………」

「結婚したんだそうだ。堅気の会社員と見合結婚をしたそうだよ」

「……………」

「あの子は、やっぱりそういう結婚をしたんだな。それでね、三田、僕は分ったよ」

「なにが?」

「朝子君が、マネキン供養のとき逆上して一種の狂乱状態に陥ったろう、あの理由が分ったよ。僕はこう思うんだ。焔を発して燃えている人形の姿に、彼女は自分の毎日の生活を見てしまったんだろう、肌の上に脂汗を流して、突立ったまま燃えている。ああいう水商売というものは、君、華やかなようで辛いものなんだぜ」

「そんなことは分っている」

と三田は答えて、井村を透し見た。いまさら井村が、このような推測をもっともらしく述べていることに、疑念を抱いたのだ。しかし、何も分らなかった。井村の秘密の部屋がこの都会のどこかに在って、その中に朝子が坐っているという情況はありえない、とは断言できぬ心持だった。

もう一度、三田は井村の顔を凝視した。しかし、やはり確実なことは何も分らなかった。

（お断り）

本書は1974年に中央公論社より発刊された文庫を底本としております。
あきらかに間違いと思われるものについては訂正いたしましたが、
基本的には底本にしたがっております。
また、底本にある人種・身分・職業・身体等に関する表現で、現在からみれば、
不当、不適切と思われる箇所がありますが、著者に差別的意図のないこと、
時代背景と作品価値とを鑑み、著者が故人でもあるため、原文のままにしております。

吉行淳之介（よしゆき じゅんのすけ）
1924年（大正13年）4月13日—1994年（平成6年）7月26日、享年70。岡山県出身。1954年『驟雨』で第31回芥川賞を受賞。代表作は『砂の上の植物群』『鞄の中身』など。

P+D BOOKS

ピー プラス ディー ブックス

P+Dとはペーパーバックとデジタルの略称です。
後世に受け継がれるべき名作でありながら、現在入手困難となっている作品を、
B6判ペーパーバック書籍と電子書籍で、同時かつ同価格にて発売·配信する、
小学館のまったく新しいスタイルのブックレーベルです。

# 男と女の子

2016年10月16日　初版第1刷発行

著者　吉行淳之介
発行人　林 正人
発行所　株式会社 小学館
〒101-8001
東京都千代田区一ツ橋2-3-1
電話　編集 03-3230-9355
販売 03-5281-3555
印刷所　昭和図書株式会社
製本所　昭和図書株式会社
装丁　おおうちおさむ（ナノナノグラフィックス）


ISBN978-4-09-352284-7

P+D BOOKS